MÜCKEN
EXTRAK
1994
F-MAUS
PIRANHA
PASTE
ELGISCHE
ELSEN

Christoph Mauz

Frau Helsingers Rache

Illustrationen
Eric Schopf

In der Reihe „Die Wurdelaks“ bis jetzt erschienen:
Blut ist kein Himbeersaft ISBN 978-3-7074-1141-6
Ein Werwolf kehrt heim ISBN 978-3-7074-1233-8

www.ggverlag.at

ISBN 978-3-7074-1355-7

In der aktuell gültigen Rechtschreibung

1. Auflage 2011

Gesamtherstellung: Imprint, Ljubljana

Inhalt

Zehn kleine Gruselzombies ...
?
... speisten viel und fein ...
Schon wieder der!
... einer hat zu viel erwischt ...
... da waren's nur noch ... HAAAAANOIIIIIIIIIIIN!
Ähem!

Der Vampir und seine Feinde

Schon wieder ist es an mir, ein wissenschaftliches Vorwort für ein entzückendes Büchlein zu schreiben. Andere Kolleginnen und Kollegen würden greinend und zeternd um ihren schweren Eichenholzschreibtisch laufen und dabei jammern: „Immer ich? Warum immer ich? Gibt es denn niemand anderen, der schreiben kann?" Das sollen sie ruhig machen, denn für einen Professor Korschinak-Ramirez gilt: „Ein Professor Korschinak-Ramirez muss tun, was ein Professor Korschinak-Ramirez tun muss!" Jammern sollen andere, ich schreibe!

Immer wieder fragen mich meine Studentinnen und Studenten nämlich: „Bitte, Herr Fesser, haben denn die Vampire auch Feinde und Gegner?“ Ich wende mich dann dem Studenten, der Studentin zu und schicke einen stechenden Blick pfeilgerade in Richtung ihrer unwissend dreinblickenden Dackelaugen, zwirble mir dramatisch meinen Schnurrbart mit der rechten Hand, während sich der linke Zeigefinger blitzschnell in die rechte Schulter des jungen Menschen bohrt, der da glubschäugig vor mir steht. Noch bevor der junge Mensch erschreckt „Auweh!“ piepsen kann, kommt schnarrend und voller Wucht meine eindeutige Antwort: „Ja, natürlich! Und es heißt nicht ‚Herr Fesser‘, sondern ‚Herr Professor‘, Sie Gabelbissen für einen Haifisch!“ Ja, Vampire haben Feinde! Schließlich haben ja auch Berggorillas, Pilzsammler, Marsmenschen und auch Brathühner Feinde. Das gehört leider zum Leben eines Vampirs wie die Haarpomade, der wallende Umhang und der hoffentlich bequeme Sarg. Aber man muss auch hier zwischen dem Vollvampir (Homo Flatterans Schnappensis) und dem Halbvampir (Taggeher) unterscheiden, wobei natürlich gilt: „Was dem Vollvampir ein Feind ist dem Halbvampir kein Freund!“

Die Feinde des Vollvampirs

Der Vollvampir als solcher ist umringt von lauter Feinden. Der stolze Vollvampir, von adeliger Herkunft, der wird ob dieser Tatsache stolz dreinblicken, seinen Kopf in den Nacken werfen, sich lässig seine pomadisierten Haare streichen, hoffentlich darin nicht kleben bleiben, und mokant lächelnd ausrufen: „Ha! Viel Feind viel Ehr!"

Der einfache Vollvampir aus dem Volke wird ob dieser Tatsache traurig in seiner nächtlichen Schrebergartenlaube hocken und jammern: „Nix wie Wickel!"

Ich habe für alle beide Verständnis. Aber nun zu den Feinden der Vollvampire.

Ein sehr bedrohlicher Feind sind die Monster oder auch genannt „die Monstren". Sie werden meistens und sehr gerne von verrückten Wissenschaftlern gebaut und entkommen diesen dann in eine dunkle von Blitzen erhellte Gewitternacht, nachdem der verrückte Wissenschaftler noch freudig „Es lebt! Es lebt!" brüllen konnte. Begleitet werden die „Monstren" sehr gerne von einem buckligen Gnom, der oft auf den Namen „Igor" hört. Warum die buckligen Gnome nicht mal öfters „Gustav", „Ludwig" oder „Dampfelknut" heißen, ist der

Wissenschaft bis heute ein Rätsel. Weil diese Monster zwar unglaublich stark, aber leider auch sehr dumm sind, trampeln sie alles kurz und klein, was sich ihnen in den Weg wirft oder ihnen im Weg steht, kriecht und fliegt. Dieses wird von hysterischem Gekicher des buckligen Gnoms begleitet, was von den Vampiren, die gerade in den Boden gestampft werden, als zusätzliche Bürde empfunden wird. Zum Glück kann man das Gebrüll der Monstren und das Gekicher der Gnome schon sehr früh hören und sich rechtzeitig „vom Acker machen".

Der Vampirjäger gilt als der Vampirfeind schlechthin, da er, anders als die Monstren, gezielt Jagd auf Vampire macht. Der klassische Vampirjäger ist ein dürres Männchen mit hohem Zylinder, stechendem Blick und dunkler Kleidung. Er trägt immer ein kleines Köfferchen bei sich, in welchem er ein ganzes Arsenal an Waffen mit sich führt, welches die Vampire, auf die der Jäger trifft, ruckzuck und blitzschnell killen kann. Zu diesen Waffen gehören: Pfähle, Hämmer, Weihwasser, Kruzifixe und Knoblauch. Während der Vampirjäger auf der Jagd ist, brabbelt er lateinische Formeln und meidet Orte wie Duschkabinen und Badewannen. Deswegen erkennt man den Vampirjäger oft schon von weitem an seinem Geruch und an den fettigen, langen und grauen Haaren. Das gereicht dem gejagten Vampir oft zum Vorteil, weil er den Vampirjäger schon aus einiger Entfernung riechen kann. Hat der Vampir Schnupfen, dann hat er ganz schlechte Karten, denn der Vampirjäger ist zwar dürr, aber auch drahtig und stur wie ein Panzer. Als Urvater der Vampirjäger gilt der holländische Arzt Abraham van Helsing.

Ein Feind, den der Vampir erst seit wenigen Jahrzehnten kennt, ist der so genannte „Superheld“. Superhelden sind durchgeknallte Wichtigtuer, man spricht in einigen Gegenden auch von „Gschaftelhubern“ in bunten, engen Kostümen, die vom Wahn besessen sind, die Welt zu retten, und die Weisheit mit dem Schöpflöffel gemampft haben. Sie sind in der Auswahl ihrer Mittel nicht zimperlich und bedienen sich modernster Gerätschaften und einer großen Klappe, um Vampiren und, wie sie es nennen, „dem Gesindel als solchem“ auf den Leib zu rücken. Sie nennen sich gerne „Superman“, „Batman“ oder, wenn sie auch politische Ambitionen haben, „HC-Man“. Das Phänomen „HC-Man“ kommt nur in Österreich vor, ist aber deswegen nicht weniger unsympathisch und findet leider immer mehr Nachahmer.

Die Feinde des Vollvampirs sind auch die Feinde des Halbvampirs, wobei der Halbvampir, da er ja mitten unter uns wohnt, sich noch mit einigen anderen Feinden und Gegnern auseinandersetzen muss. Auf einen dieser Feinde will ich besonders eingehen: Den bösartigen Nachbarn, die hundsgemeine Nachbarin. Diese Spezies ist eine wirklich besonders gemeine Lebensform. Keine Suppe, in der der bösartige Nachbar, die hundsgemeine Nachbarin, kein Haar finden würde. Kein Amtsweg ist zu weit, kein Beschwerdebrief zu mühsam. Der bösartige Nachbar, die hundsgemeine Nachbarin lassen keine Möglichkeit aus, dem Halbvampir das Leben schwerzumachen. Ständig drohen sie mit Behörden, Ämtern und der Polizei. Jedes Geräusch ist ihnen zu laut, jeder Kinderblick ist ihnen zu unverschämt und jeder fremdländische Akzent ist ihnen zu bedrohlich. Freudlos ist ihr Dasein und freudlos muss das Dasein aller anderen Menschen auf diesem Planeten sein. Egal, ob es nun ein Mensch oder ein Vampir ist. Viele dieser Nachbarinnen und Nachbarn sind übrigens Mitglieder in „HC-Man-Fanklubs“. Zufall?

Ich darf nun den Leserinnen und Lesern dieses erneut entzückenden Büchleins viel Vergnügen, spannende Momente und angeregte Stunden wünschen und darf ihnen auch gleichzeitig mahnend mitteilen, sich nichts gefallen zu lassen, und sich vor allem nicht für dumm verkaufen zu lassen, von wem auch immer. Denn es gelte die Devise:

Brüllaffen, brüllt mal etwas leiser.
Leiser, Leute, ist oft weiser.
Brüllaffen, seid doch einfach still,
weil euch keiner hören will.

Stets der Ihre
Prof. Titus Korschinak-Ramirez
(Nach Diktat zur Jazz-Gymnastik)

13. 11. Morgen

Kopfweh und Schwindel quälen den angeketteten, runden und pausbäckigen Knaben, der in einem ziemlich engen Käfig zu sich kommt. Möpsi, der treue Hauswerwolf der Familie Wurdelak, ist verwirrt. Verwirrt und wütend. Er kann sich nur bruchstückhaft erinnern, was gestern passiert ist. Er war mit Franz Josef und Poidl in der Hauptallee spazieren. Es war sehr lustig. Ein Nachmittag, der alle Stücke spielte, war das. Es gab Stöckchen, die geworfen wurden, und mit einem Ball wurde gespielt. Poidl, Franz Josef und Möpsi haben „Höhsche" gespielt. Möpsi war in der Mitte und durfte den Ball nicht erwischen. Hechelnd ist er hin und her gehetzt und hat dabei vor Vergnügen gejohlt und gelacht. Und dann gab es Leberkäsesemmeln. Je eine für Poidl und Josef und drei für Möpsi, der ja schließlich den ganzen Nachmittag herumgeteufelt war. Irgendwann wollten Franz Josef und Poidl noch in den Prater, aber der Prater ist nichts für Möpsi. Für seine empfindlichen Ohren ist der Vergnügungspark zu laut, für sein sensibles Gemüt ist es dort zu hektisch und außerdem hat Möpsi eine Heidenangst vor den Geisterbahngeistern, die an den Außenfassaden der Geisterbahnen angebracht sind. Die sind für ihn „von sähr großär Scheußlichkeit und erzeugän große Gruslerung für armän Möpsi". Möpsi pflegt seit neuestem von sich in der dritten Person zu reden, er findet das schick und vornehm. Die anderen Familienmitglieder finden es „deppert“, aber sie lassen Möpsi gewähren. Schließlich war er ja mehrere hundert Jahre unterwegs, nur um seine Familie, „die Wurdelaks“, wieder zu finden.* Da lässt man dem Liebsten aller Werwölfchens schon die eine oder andere Schrulligkeit durchgehen. Franz Josef Wurdelak und sein Freund Poidl sind also in den Wurstelprater abgebogen, während Möpsi durch die Hauptallee in Richtung Hubert-Landei-Hof gewandert ist. Kurz bevor er von der Ausstellungsstraße in die Vorgartenstraße abgebogen ist, hat er neugierig ein Plakat betrachtet, auf welchem dicke Bratwürste beworben wurden. Das Plakat hat Möpsi sehr gut gefallen und er hat sich ausgemalt, wie schön sich so ein Plakat über seinem Bettchen machen würde. Auch gedacht hat sich Möpsi, dass so ein Plakat sicher für die besten und vor allem appetitanregendsten Träume sorgen würde und für den gesündesten, weil ruhigen Schlaf auch vor Mitternacht. Da hat Möpsi plötzlich einen heftigen Pieks am Hintern gespürt, gefolgt von einem äußerst unangenehmen

---

* Was bisher geschah, kann der gewitzte Leser, die neugierige Leserin in den Bänden „Blut ist kein Himbeersaft“ und „Ein Werwolf kehrt heim“ nachlesen. Erschienen ebenfalls bei G&G und vom qualitätsorientierten Buchhändler, der humorvollen Buchhändlerin gerne bestellt, bzw. sowieso und überhaupt eh auf Lager gehalten! Anm. d. Autors

Brennen. „Muss einä tollä Biene sein, was sticht durch die Krachlederhose von Möpsi!“, hat er laut gedacht. Dann hat sich seine Umgebung mitsamt dem Bratwurstplakat zu drehen begonnen. Zuerst hat Möpsi das lustig gefunden. „Ist wie Ringelspiel, nur gratis!“, hat er gekichert. Aber dann wurde ihm plötzlich übel und er hat alles nur mehr verschwommen gesehen. „Öha, wie wird mir?“, konnte er noch keuchen und dann wurde ihm schwarz vor Augen. Das Letzte, das Möpsi sehen konnte, bevor er ohnmächtig wurde, dass waren die rotierenden Bratwürste. „Schöööööön!“, hat er gehechelt und dann war es finster. Möpsi kriegte nicht mehr mit, wie er auf eine Bahre geladen, mit Gurten an die Bahre fixiert und in einen Lieferwagen geladen wurde. Auf dem Lieferwagen war nur eine schmucklose Aufschrift zu lesen: „Magistratsabteilung 4711 – Wir räumen auf! Wir sehen rot!“ Möpsi hat von der Fahrt quer durch die ganze Stadt gar nichts mehr mitgekriegt und auch dass er sehr unsanft in einen Käfig gestopft wurde, ging vollends an ihm vorüber. Sogar die lauten Flüche der Magistratstypen, die sich darüber aufregten, wie schwer Möpsi ist, die hörte er nicht. Aber jetzt ist Möpsi munter und sehr, sehr grantig. Aber übermorgen Nacht ist Vollmond und bei Vollmond, ja bei Vollmond, da wird Möpsi zu einer reißenden Bestie, zu einem gestandenen, wenn auch leicht übergewichtigen Werwolf. Da wird dann Schluss mit lustig sein, da wird ihn so ein lächerlicher Käfig keine fünf Sekunden halten …

12. 11. Später Nachmittag

So ein später Nachmittag im Prater macht Spaß! Überhaupt im Herbst, wenn schon etwas weniger los ist und man nicht so lange in einer Schlange warten muss, bis man in eine der wilden, tollen und halsbrecherischen Attraktionen einsteigen kann. Zwei bis drei Fahrten gönnen sich Poidl und Franz Josef, dann gehen sie, ein wenig schwindlig, nach Hause. Als die beiden Buben im Hubert-Landei-Hof ankommen, ist es schon fast finster. Die Verabschiedung ist kurz und cool, man ist schließlich ein harter Bursche, wenn auch von etwas kleinerem Wuchs. Nach dem Verabschieden steigt Franz Josef die drei Stockwerke zur Wurdelakwohnung hinauf. Er könnte auch mit dem Lift fahren, aber Stiegensteigen ist gut für die Fitness und Franz Josef ist eine der Stützen der Schülermannschaft des FS Elektra, trägt deshalb den Ehrennamen „Gscherter", und das soll auch so bleiben. Deswegen Treppe statt Lift. Als Franz Josef die Wohnungstür öffnet, sitzt die Familie rund um den Wohnzimmertisch. Die Eltern, Goran und Hertha Wurdelak, die Schwester Ludmilla und Opa Vladimir mit seiner jüngst angetrauten Anna. Es gibt panierte Blutwurstscheiben mit Kraut und Schabenpürree und dazu trinkt man belebenden Ribiselsaft oder Blutorangentee mit Rum. „Wo ist Möpsi?“, erkundigt sich Opa Vlad mit vollem Mund. „Du weißt, übermorgän ist Vollmond!“ Franz Josef erschrickt leicht: „Ist der Möpsi noch nicht da? Er wollte nicht mit in den Prater und hat gemeint, er geht alleine nach Hause!“, erklärt Franz Josef und in seinem Bauch beginnt es zu brodeln. „Das hat er schon so oft gemacht, ich habe mir dabei echt nichts gedacht!“, ruft er hastig. Opa Vladimir trinkt einen kräftigen Schluck Tee mit Rum. „Wir wartän! Bis nach Dunkelheit! Dann ich werdä gehän und ihn suchän! Bei jedär Fleischhauerei werdä ich schauän! Wahrscheinlich sitzt Möpsi vor der Auslagä und betrachtet hungrig die Knackwürstä!“, erklärt Opa, nur um dann eine Spur freundlicher nachzusetzen: „Der Depp!“

„Der wird schon kommen, spätestens dann, wenn er Hunger hat!“, kichert Ludmilla, aber niemand am Tisch stimmt in ihr Lachen ein.

Hastig stopft sich Franz Josef Abendessen in den Mund, er will seinem Opa unbedingt bei der Suche nach Möpsi helfen.

Er fühlt sich nämlich für Möpsi verantwortlich. „Wenn du den Möpsi suchen gehst, dann geh ich mit!“, erklärt Franz Josef bestimmt.

Opa Wurdelak nickt: „Ist gut! Wir warten noch!“ Aber Opa hält es nicht auf seinem Sitz, unruhig geht er im Wohnzimmer auf und ab. Hinter ihm geht Franz Josef und es dauert gar nicht lange, da gehen alle sechs Wurdelaks in einer Schlange durch die Wohnung, die Hände hinter dem Rücken verschränkt und besorgt vor sich hinbrabbelnd. Die Sorge um Möpsi wächst mit jeder Minute, in der der runde Werwolfknabe nicht nach Hause kommt. Endlich bleibt Opa Vlad stehen. Die anderen Wurdelaks tun es ihm gleich, dann reißt er das Fenster auf und blickt in den dunklen, nebligen Abend. „Man sieht nicht gut!“, befindet er. „Nebäl!“ Er geht ins Vorzimmer und hängt sich seinen Umhang um und setzt sich seinen Zylinderhut auf, den er seit kurzem besitzt. „Komm, Franz Josäf! Wir gehen! Ich bin in Sorgä!“

12. 11. Später Abend

Gegen drei viertel elf Uhr nachts marschieren Opa und Franz Josef die menschenleere Engerthstraße in Richtung Brigittenau. Sie schauen um jede Ecke und rufen unablässig und leise zischend Möpsis Namen. Möpsi hat ein sehr gutes Werwolfgehör, da muss man nicht mitten in der Nacht herumbrüllen. Da weckt man am Ende Leute auf und die Leute schätzen das nicht sehr und sagen dann sehr unschöne Dinge. Gute vierzig Minuten marschieren Opa und Franz Josef schon durch die Herbstnacht. Mittlerweile sind sie schon fast beim Lorenz-Böhler-Unfallkrankenhaus angelangt und von Minute zu Minute wächst ihre Besorgnis und die Angst, dass Möpsi etwas zugestoßen sein könnte. „Ich werdä fragän in Böhler*, bei Portier! Vielleicht hat man unserän Möpsi eingewiesän!", beschließt Opa. Franz Josef nickt und beschließt, vor der Tür zu warten, da er Krankenhäuser unheimlich findet und Angst hat, eine Spritze zu bekommen. Eine Angst, die völlig unbegründet ist, aber das sind ja viele unserer Ängste und die Halbvampire sind den Menschen da nicht unähnlich. Opa streicht seinem Enkel über die Wuschelhaare und verschwindet hinter der Drehtür. Franz Josef lehnt sich an den Fahrradständer neben der Drehtür und beginnt Däumchen zu drehen, weil Warten eher fad ist. Nach einiger Zeit findet Franz Josef, dass der Fahrradständer aus Metall einen kalten Hintern

---

* Im Volksmund heißt das Lorenz-Böhler-Unfallkrankenhaus einfach nur „das Böhler", weil es kürzer ist und weil man es sich so auch leichter merkt. Anm. d. Autors

macht und beginnt hin und her zu hüpfen. Plötzlich hört er hinter sich schwere Schritte. Schritte, die nicht nach seinem Opa klingen. Franz Josef dreht sich um. Hinter ihm stehen plötzlich drei Burschen, zwei mit ausnehmend runden, rotbackigen Gesichtern und kahl rasierten Schädeln mit abstehenden Segelohren. Die Köpfe wirken wie riesige Billardkugeln mit Henkeln. Die Burschen tragen Bomberjacken, komisch aussehende Hosen wie Soldaten und schwere, klobige Schuhe, die auch militärisch wirken. Auf Franz Josef machen die drei Burschen keinen wirklich freundlichen Eindruck. Außerdem riechen die drei sehr streng nach Bier.

„Na, was haben wir denn da?“, fragt der Erste der drei seine zwei Freunde.

„Am Ende einen kleinen Kanaken?“, antwortet der Zweite.

„Schaut fast so aus!“, befindet der Dritte.

„Was ist bitte ein Kanake?“, will Franz Josef wissen.

„Ein Knofeltschusch, ein Kümmeltürk, ein Balkaneser!“, grölt der Erste.

„Einer, der nicht von da ist!“, brüllt der Zweite. „Einer, der was kein gutes Deutsch nicht spricht und den was man nicht verstehen tut, bittesehr und überhaupt!“, plärrt der Dritte.

In Franz Josefs Bauch beginnt es zu brodeln. Noch kann er

sich zurückhalten. Aber er merkt, dass er sich nicht mehr lang beherrschen kann. Er spürt ein Pulsieren in seinen Kiefern und beginnt ganz leise zu knurren.

„Gutän Abänd, meine Herrän! Wie kann ich Ihnän helfän?“, hört Franz Josef seines Opas Stimme von links. Sein Opa klingt sehr freundlich, zu freundlich.

„Ah, da schau her! Noch so einer!“, brüllt der Erste der drei.

„Jetzt geht es lohooos!“, freut sich der Zweite.

„Immer feste druff!“, freut sich der Dritte.

Opa wirft Franz Josef einen Blick zu, zwinkert. Franz Josef nickt. Dann wendet sich Opa an die drei. „Meine Herrän! Sie habän großäs Glück! Sehr großäs Glück!“

Die drei Burschen blicken einander verwirrt an. „Wieso?“, erkundigt sich der Erste.

Opas Gesicht zerfließt förmlich vor Freundlichkeit, nur wenn man in seine Augen schaut, dann wird einem eiskalt, denn Opas Augen haben einen Blick wie ein Haifisch kurz vor dem Angriff. „Die Herrän haben Glück, dass wir stehän vor Böhler Krankenhaus! Da könnän die Herrän dann gleich verarztet werdän, später, wenn ich mit ihnen fertig bin!“

Die drei beginnen hysterisch zu lachen. Drei Prachtburschen gegen einen Tattergreis und ein Milchbubi. Das ist doch wohl eine Pflichtübung. Die drei nicken einander zu und stapfen auf Opa und Franz Josef zu.

Opa legt den Zylinder ab, damit er keinen Schaden nimmt, und zischt seinem Enkel zu: „Aber nicht zubeißän, Franz Josef! Dann werden die Trottäln am Ende auch Vampire und solche Idiotän kann unsere Sippschaft echt nicht brauchän!“

Franz Josef nickt bestätigend, obwohl er weiß, dass es ihm schwerfallen wird, nicht zuzubeißen. Dann beginnt er zu pfauchen, seine Finger werden zu Krallen, die Ohren werden lang und spitz und auch seine Eckzähne sind plötzlich die Fangzähne eines gefährlichen Raubtieres. Franz Josef tut es seinem Opa gleich und verwandelt sich ebenfalls in einen ziemlich wilden, wenn auch kleinen Vampir. „Jetscht gibtsch schauresch, ihr Schaftschäcke!“, brüllt er, bevor er sich auf einen der Glatzköpfe stürzt. Irgendwie wird den zwei Kahlschädeln und der Klobürste die Sache nun doch unheimlich und sie wären noch gerne davongelaufen, aber es ist zu spät.

Schau, ein Knofeltschusch, mit seinem Balg!
RÜLPS
EI ♡ 4711
HÄHÄ HÄHÄ
Schau Bub, zwei Billardkugäln und einä Klobürstä!
Dumpfgummis!
Jetzt gibt's ein Packerl Hausdetschn!
AUSLÄNDER RAUS...
... aus dem Ausland, nämlich!

WhaaAAA!
ATTACKE!
EI ♥ 4711

TSCHIN
KRACH
BUMM
War was?
Nur ein kleiner, aber feiner Bracholder.
Ich glaub, uns hat ein Bus geknutscht!

Nach kurzem, aber heftigem Kampf befinden die drei Burschen, dass es Zeit wäre, die Notfallambulanz des Unfallkrankenhauses in Anspruch zu nehmen, denn Opa und Franz Josef haben den drei Idioten ziemlich eingeschenkt. Nasenbluten, ein lockerer Schneidezahn, eine verdrehte Nase, drei langgezogene Ohrläppchen und drei ziemlich geschwollene Backen bedürfen ärztlicher Kontrolle. Nachdem die Glatzköpfe und der Stachelige wimmernd im Unfallkrankenhaus verschwunden sind, wobei sie sich in der Drehtür noch einmal weh getan haben, weil eine Drehtür „Drehtür" heißt, weil sie sich eben dreht und nicht aufschiebt, wie zum Beispiel eine „Schiebetür". Opa und Franz Josef klopfen sich den Staub von der Jacke, beziehungsweise dem Umhang, Opa setzt sich auch seinen Zylinder wieder auf und beide setzen ihre Suche fort, leider ohne Erfolg. Möpsi bleibt verschwunden. Spurlos.

13. 11. Morgen, Wohnung der Familie Wurdelak

Die Stimmung beim Frühstück ist sehr gedämpft. Dort, wo sonst aufgeregtes Treiben, Tellerklirren und seltsame Gesänge zu hören sind, begleitet vom allmorgendlichen Grant von Hertha Wurdelak, die morgendliche Fröhlichkeit nicht ausstehen kann, herrscht Grabesstille. Zum einen ist da die Sorge um den verschwundenen Werwolf Möpsi, zum anderen ist da die Angst vor weiteren Überfällen von glatzköpfigen Dumpfgummis. Die Wurdelaks sind besorgt, dass es beim nächsten Mal nicht ganz so glimpflich ausgehen könnte. Auch haben die Wurdelaks Angst davor, was passieren könnte, wenn sich Möpsi am Abend unkontrolliert in einen Werwolf verwandeln würde, da er dann ja nicht wirklich Herr seiner selbst ist und jemanden beißen könnte, der dann ebenfalls jeden Vollmond zu einem Werwolf werden könnte. Die Folgen wären verheerend. Denn auch jener neue Werwolf würde bei Vollmond zu einem Werwolf und könnte seinerseits wieder Leute beißen und dadurch zu Werwölfen machen, und das wäre für Wien echt schlimm. Wie soll eine Stadt, die nicht einmal den Hundstrümmerln Herr wird, mit einer plötzlichen Werwolfinvasion zurechtkommen.

„Da nutzt dann der Spruch ‚Nimm ein Sackerl für mein Gackerl‘ einen Schmarren!“, seufzt Ludmilla und verteilt weiter lustlos Ribiselmarmelade auf ihrem Grahamweckerl.

„Ich werde in der Schule Zettel aufhängen und in der Vereinskantine!“, erklärt Franz Josef.

„Das mach ich auch in meiner Schule und der Ferdl in seiner!“, nickt Ludmilla.

„Ich gehä von Kaffeehaus zu Kaffeehaus und frage nach Möpsi!“, beschließt Opa.

„Und ich klappere die Fleischhauer ab!“, erklärt Anna, Opas Frau.

„Ich halt beim Taxifahren die Augen offen!“, erklärt Hertha entschlossen.

„Ich werde in der Firma ein Flugblatt basteln und in der Gegend aufhängen!“, beschließt Goran Wurdelak. Die Stimmung ist nun ein wenig besser. Jeder Wurdelak, jede Wurdelak weiß, was er oder sie zu tun hat. Kurz bevor Hertha Wurdelak die Tafel aufheben kann, läutet es an der Tür.

„Für den Postler ist es zu früh! Wer kann das sein?“, denkt Anna laut nach.

Hertha zuckt mit den Schultern und geht zur Wohnungstür. Sie öffnet. Vor der Tür stehen Frau Helsinger und der dicke Hund, genannt Hermanndi. Da Frau Helsinger ihre Wohnung verlassen hat, trägt sie zum rotsamtenen Morgenrock ihren Gamsbarthut, weil sie weiß, was sich gehört. Hund Hermanndi trägt sein Lodenmäntelchen, welches um die Leibesmitte spannt. „Was wollen Sie, bitte?“, knurrt Hertha unfreundlich.

Frau Helsinger grinst engelsgleich und säuselt: „Es ist so ruhig bei Ihnen, da wollt ich nur fragen, ob eh alles in Ordnung ist, bei Ihnen! Ist denn alles in Ordnung?“ Der Hund Hermanndi kratzt sich derweil am Hintern. Er benutzt hierzu seine Vorderzähne. Die Verrenkung, die er deswegen vollführt, wirkt bizarr.

Hertha Wurdelak mustert Frau Helsinger mit einem bohrenden Blick. Das freundliche Benehmen der sonst ziemlich unfreundlichen Nachbarin ist Hertha nicht geheuer. Es erscheint ihr sogar ausnehmend verdächtig. „Es wäre doch gelacht, wenn die alte Schreckschraube nicht etwas mit dem Verschwinden von unserem Möpperl zu tun hat!“, denkt sie sich. Sie lässt sich jedoch nichts anmerken als sie, betont freundlich, antwortet. „Alles in bester Ordnung, Frau Helsinger! Und selber?“ Hertha grinst betont freundlich, in ihrem Bauch brodelt es.

„Ich kann nicht klagen!“, flötet Frau Helsinger. „Und mein Hermanndi auch nicht! Gell Hermandi?“ Der Hund blickt kurz von seinem Hintern auf und kratzt dann grunzend weiter. „Na, dann freu ich mich, dass bei Ihnen alles in der Ordnung ist, nicht wahr?“, säuselt die Helsinger. „Einen schönen Tag wünsch ich noch! Hermanndi, wir gehen!“ Dann schieben sich Frau Helsinger und ihr Hund wieder die Treppe hinunter und Hertha Wurdelak schließt, bemüht leise, die Wohnungstür. Sie kehrt an den Frühstückstisch zurück. Ihr Gesicht ist weiß vor Wut. Sie zittert am ganzen Körper.

„Herthamädäl, was ist dir?“, will Opa besorgt wissen.

„Das war die alte Helsinger, dieses Krawallweib!“, zischt Hertha zornig.

„Und was hat sie wollen?“, will Ludmilla wissen.

„Also, ich fresse einen Besen, wenn die nicht irgendetwas weiß, wo unser Möpsi ist und warum er dort ist, wo er ist!“

„Glaubst echt?“, will Franz Josef wissen.

Hertha nickt: „Und wie!“, krächzt sie.

„Mist!“, brummt Goran.

„Man sollte Frau Helsingär überwachän!“, schlägt Opa vor.

Franz Josef nickt. „Aber die Plakate machen wir trotzdem!“ Ludmilla nickt und verschwindet in ihrem Zimmer, um den Computer anzuwerfen.

In ihrer Wohnung hat Frau Helsinger ihre Lieblingsschallplatte aufgelegt. Die Oper „Rienzi“ von Richard Wagner. Schwülstig wabert die Musik durch die Wohnung und Frau Helsinger fühlt sich erhaben und irgendwie ist alles super. Zeitig in der Früh hat sie nämlich einen Anruf erhalten. Ihr Neffe hat angerufen und gemeldet, dass ein runder, pausbäckiger Knabe in einem Käfig sitzt. In der Forschungsabteilung der MA 4711, einer geheimen Abteilung der Abteilung für Gezücht und Gewürm, vergleichbar mit der „Akte X – Abteilung“ beim amerikanischen FBI, die es allerdings nur im Fernsehen gibt, während die „Geheimabteilung“ der MA 4711 ziemlich echt und real ist.

13. 11. Morgen, MA 4711 Labor

Waldmann Helsinger, von seiner Tante liebevoll „Waldibub“ oder „Nutschifanti“ genannt, reibt sich die Hände. Ein richtiger kleiner Werwolf in seiner Gewalt. Die Beförderung zum Oberkontrollamtsdirektorstellvertreter ist ihm nun sicher! Sein oberster Chef, der Oberkontrollamtsdirektor Flohbeutler, hat nämlich diesbezüglich während der Kaffeepause schon eindeutige Andeutungen fallen gelassen. Nun begibt sich Waldmann Helsinger ins Kellerlabor, um den gefangenen Werwolfknaben ein zweites Mal zu untersuchen. Denn er weiß, dass die Zeit knapp wird, weil sich der pausbäckige Knabe in der Nacht auf den 14. November in einen gefährlichen Werwolf verwandeln wird. In der rechten Tasche seines Arbeitsmantels, gleich neben den Zigarren, hat Waldmann Helsinger nämlich eine Spritze. Eine Spritze, die aus dem Werwolf einen artigen, braven runden Knaben machen soll. Und wenn dieses Präparat bei Möpsi funktioniert, dann könnte es auch bei der gesamten Familie Wurdelak funktionieren. Dann würden aus den Halbvampiren Wurdelak ganz normale artige, brave und runde Menschen werden. Obwohl die Wurdelaks ganz zufrieden sind als Vampire und auch Möpsi keinen unglücklichen Eindruck macht. Aber: „Was nicht sein kann, das darf es eben nicht geben und über alles, was es nicht geben kann, da fährt die Eisenbahn drüber!", denken sich nicht nur Waldmann Helsinger und seine Tante Kriemhilde. So denken leider auch alle Beamten der Magistratsabteilung 4711 und sehr viele Menschen in Wien, in Österreich und überhaupt auf der ganzen Welt. Denn artige, brave Menschen die kann man viel besser kontrollieren und artige und brave Menschen die kaufen auch artig und brav alles, was man ihnen vorschreibt und kommen überhaupt und außerdem auf keine blöden Ideen. All diese Gedanken gehen Waldmann Helsinger durch den Kopf, als er die Labortür öffnet. Als er sich Möpsis Käfig zuwendet, da läuft es ihm kurz kalt über den Rücken, denn Möpsi wirft ihm einen Blick zu, der ihm das Blut in den Adern gefrieren lässt. Trotz Lockenkopf, rundem Knabengesicht und der schon etwas abgetragenen Krachledernen nebst rotweiß kariertem Hemd schaut Möpsi drein, als würde er aus Waldmann Helsinger in nullkommanix ein Krenfleisch machen, wenn er nicht eingesperrt wäre. Waldmann Helsinger lächelt unsicher in Richtung Käfig. Aus seiner linken Arbeitsmanteltasche holt Helsinger eine Knackwurst. Damit wackelt er vor Möpsis Käfig hin und her. „Puttputtputt!“, säuselt er.

Möpsi wendet sich angewidert ab. „Bin ich Hendl?“, denkt sich der runde Werwolfknabe empört.

„Komm, mein Kleiner! Guter Junge!“, versucht Helsinger Möpsi zu locken, aber der fletscht die Zähne und zeigt Helsinger die Zunge. „Na, wo isser denn?“, versucht es Helsinger noch einmal.

Möpsi knurrt: „Bin ich doch da, du Depp!“

Helsinger zuckt erschreckt zusammen. Noch einmal wackelt er mit der Knackwurst vor dem zähnefletschenden und knurrenden Möpsi hin und her. Möpsi riecht die Knackwurst, er hätte die Knackwurst sehr, sehr gerne. Aber Möpsi hat auch seinen Stolz. Von so einem komischen Kauz da nimmt er keine Knackwurst, zumal jener komische Kauz hinter seinem Rücken etwas anderes verbirgt. Möpsi weiß zwar nicht, was „das andere“ sein könnte, aber er weiß, dass es nichts Gutes sein kann. Deswegen dreht sich Möpsi weg, obwohl es in seinem Magen vor Hunger ziemlich rumort. Auch dreht sich Möpsi weg, damit der unsympathische Typ im weißen Mantel nicht die kleine

Träne sieht, die aus seinem rechten Augenwinkel tropft. Denn Möpsi ist nicht nur wütend, sondern auch sehr verzweifelt.

Nun fasst sich Helsinger ein Herz und greift zwischen den Stäben durch, um nach Möpsi zu greifen.

Möpsi fährt herum, fletscht die Zähne und schnappt nach Helsingers Hand.

Helsinger zieht die Hand erschrocken aus dem Käfig. „Mistbub, miserabliger!“, zischt Helsinger zornig. „Na warte!“ Möpsi produziert einen Lippenfurz in Richtung des wütenden Wissenschaftlers und drückt sich in die hinterste Ecke seines Käfigs. Wortlos dreht sich Waldmann Helsinger um und verlässt das Laboratorium. Möpsi ruft ihm sehr böse Wörter nach, die an dieser Stelle nicht wiedergegeben werden sollen, weil es sonst dem Autor dieser Zeilen die Schamesröte ins Gesicht treiben würde. Dann ist es im Labor wieder ruhig. Aber nicht für lange.

Zur gleichen Zeit in Wien Leopoldstadt

Während sich Frau Helsinger in ihrer Wohnung glücklich und erhaben fühlt und sich ihr Hund Hermanndi zur Musik von Richard Wagner rhythmisch wiegt, bis er einfach umfällt und laut zu schnarchen beginnt, herrscht ein Stockwerk darüber Hochbetrieb.

Kennen Sie dieses Bübchen? ...
Von runder Gestalt! ...
Liebt Leberkäse!
Hinweise bitte an die Wurdelaks, Wien Zwo!
Kennen Sie dieses Bübchen?
Von runder Gestalt!
Liebt Leberkäse!
Hinweise bitte an die Wurdelaks, Wien Zwo!

Ludmilla findet ihr Suchplakat für Möpsi sehr gelungen. Begeistert zeigt sie es ihrer Familie. Sie hat ein Foto von Möpsi gefunden, das sie selber bei der Hochzeit geschossen hat, und hat damit ein Plakat gestaltet, auf welchem um Hinweise zur Auffindung von Möpsi gebeten wird. „Der Franz Josef, der Ferdl und ich, wir hängen es in unseren Schulen auf und die Mama kann es beim Taxifahren verteilen!"

„Ich werde es in die Zeitung ‚schmuggeln', die wir drucken!", ruft Goran Wurdelak und Anna, Opas Frau, wird das Telefon bewachen.

„Ich werdä diese Person, Frau Helsingär, beschattän!", ruft Opa und schlägt zornig mit der Faust auf den Tisch. „So könnän wir Möpsi findän, ganz bestimmt!" Alle Wurdelaks nicken und sind wieder ein bisschen zuversichtlicher. Ludmilla und Franz Josef eilen, bepackt mit je zehn Plakaten, in die Schule, Hertha beginnt wenig später ihre Taxischicht, Goran legt sich ins Bett, er hat heute wieder Nachtschicht, und Anna setzt sich mit einem Kreuzworträtselheft zum Telefon. Als alle weg sind, geht auch Opa zur Garderobe, nimmt seinen Zylinder vom Haken, bindet sich seinen Schal um und schnappt sich seinen Spazierstock, den mit dem Wolfskopf als Griff. „Vlad, wo gehst du denn hin?", will

Anna wissen. Vlad Wurdelak blickt ernst, dann grinst er plötzlich sehr teuflisch und knurrt: „Geheimä Mission, Annaputzi! Wie Fledermausmann aus Amerika, was ist neben Graf Dracula mein einzigstes Vorbild, wegän tollem Umhang und schnittigäm Automobil!“

Anna nickt: „Aber tu dir nicht wieder weh, Schatzi, gell?“, ruft sie ihm noch nach. Aber solche Aufforderungen die überhört Vladimir Wurdelak einfach. Als er aus der Wohnung geht, setzt er sich noch seine runden Sonnenbrillen auf, weil heute erstens ein sonniger Tag ist und zweitens sehen diese Sonnenbrillen einfach unverschämt cool aus, befindet Opa Wurdelak. Er geht aus dem Haus und setzt sich im Park zu einer Sandkiste. Er holt eine Tüte Vogelfutter aus der Manteltasche und beginnt die Vögel zu füttern, ganz unauffällig. Eine halbe Stunde später verlässt Frau Helsinger das Haus. Wortlos leert Opa Wurdelak die Tüte mit dem restlichen Vogelfutter aus und verlässt seine Parkbank. „Wollän wir doch sehän, was diese Schreckschraubä so vorhat!“, knurrt Vlad Wurdelak und heftet sich unauffällig an die Fersen von Frau Helsinger und ihrem Hund Hermanndi.

Ein wenig später in der MA 4711

Waldmann Helsinger ist sehr aufgeregt. So aufgeregt, dass er schnaufen muss, und sich seine Schutzbrille beschlägt. Hektisch wischt er mit dem rechten Arbeitsmantelärmel über die dunklen Gläser. Dann streift er sich die dicken Schutzhandschuhe über und greift in den Spezialbehälter, der mit dampfendem Trockeneis gefüllt ist. Denn unter dem Trockeneis liegen die ersten Spritzen mit dem neuen Präperat „Gfrastsackel-Ex". Das Präparat, welches aus Monstern, Vampiren, Werwölfen, renitenten Außerirdischen und eventuell auftretenden Mumien Musterbürger machen soll. Nur drei Spritzen, wahlweise in den Allerwertesten oder die Hüfte des Monsters, Vampirs, Werwolfs, des renitenten Außerirdischen oder der eventuell auftretenden Mumie, sorgen genau dafür! Waldmann Helsinger zieht die erste Spritze aus dem Trockeneis und betrachtet die grelle pinkfarbene, ölige Flüssigkeit versonnen und mit Stolz. Er verpackt die Spritze in ein schocksicheres Etui aus Karbon, verstaut dieses wieder in seinem Arbeitsmantel und geht zum Waffenschrank. Er öffnet diesen und betrachtet begeistert das Arsenal aus Betäubungsgewehren und Blasrohren. Nach kurzem Gustieren entscheidet er sich für ein mittellanges Blasrohr aus grünem Hartplastik mit einem goldenen Mundstück. Dazu nimmt er einen Betäubungspfeil der Marke „Dackeldorm" und verstaut ihn ebenfalls in seinem Arbeitsmantel. „Jetzt wollen wir mal schauen, wie das Werwölfchen auf einen Betäubungspfeil reagiert!", zischt Waldmann Helsinger zu sich selber. Mit energischem Schritt geht Helsinger zurück zum Labor, denn auch Herr Helsinger weiß, dass bald Vollmond ist, und dass dann aus dem reizenden Knaben Möpsi der reißende Werwolf Möpsi werden wird, für den der Käfig im Labor kein Hindernis sein wird. Waldmann Helsinger öffnet die Tür des Labors und sieht Möpsi, der mit traurigem Blick in die Ferne starrt. Als Möpsi jedoch Waldmann Helsinger erblickt, beginnt Möpsi zu knurren, zu toben und zu fluchen: „Sie, wartän Sie nur! Bald ist Vollmond und dann ich mache Gulasch aus Ihnän! Sie, Sie, Sie … Herr, Sie!" Waldmann zieht mit mokantem Grinsen das Blasrohr aus der Innentasche seines Arbeitsmantels und holt mit einer eleganten Bewegung den Betäubungspfeil aus der Tasche seines Arbeitsmantels, er führt das Blasrohr neckisch zum Mund, holt tief Luft, zielt, und bläst mit aller Kraft.

Möpsi zeigt Waldmann Helsinger die Zunge und wackelt neckisch mit seinem Hintern. „Ätschibätsch!", kreischt Möpsi.

Na wart, du Mistviech!
Ätschibätschi!
MÖPSI
4711
Jetzt aber!
Zielvorrichtung (Marke: Zü-Klops)
Flugstabilisator aus altem Weihnachtslametta!
Doppelt gehärtete Injektionsnadel für problemlosen Eindringerfolg.
HELSINGER Nr. 7
Blasrohr „Feng Shui“ (Bambusholz) mit Dreifachmagazin, rückstoßfrei.
Flugkörper aus widerstandsfähigem Schnöselholz, Kaliber: 9,6 mm.
Betäubungstropfen

Nix getroffän,
Schnaps gesoffän!
Pfrrrrrrrzzzzzt!
Kruzineserfix,
Klumpert!
PFT
PFT
PFT
MÖPSI

Dich krieg ich
noch! Gezücht!
ÄRGER
ÄRGER
ÄRGER
ÄRGER
ÄRGER
ÄRGER
ÄRGER
4711

„Nix getroffän, Schnaps gesoffän!“ Auf Waldmann Helsingers Stirne schwillt eine Zornesader. Der kleine Werwolfknabe erweist sich als ziemlich harter Brocken. Er tastet in seiner Tasche nach einem zweiten Pfeil, da fällt sein Blick auf die Uhr. „So spät schon!“, flüstert er. „Ich darf die Tante Kriemhilde nicht warten lassen!“ Er wirft Möpsi noch einen bösen Blick zu, dann verlässt er eilig das Labor. Schließlich ist bald Mittag.

Gleichzeitig im „Zweiten“

Frau Helsinger und Hund Hermanndi flanieren gut gelaunt in Richtung U-Bahn. Frau Helsinger freut sich, dass sie von ihrem Neffen Waldmann, den sie aber nur Waldibub oder Nutschifant nennt, heute zur Mittagspause ins berühmte Kaffeehaus Dogenhof* ausgeführt wird. Sie kann die weltbekannten „Diät-Cremeschnitten“ schon schmecken und den Kaffee mit garantiert fettfreiem Schlagobers schon riechen. Auch der Hund Hermanndi sabbert bereits, aber das tut er ohnehin ständig und mit großer Begeisterung. In sicherer Entfernung und unauffällig vor sich hinflötend folgt Vladimir Wurdelak. Beide betreten, im Abstand von zwei Minuten, die U-Bahnstation

* Wird ausgesprochen „Doschenhof“. Anm. d. Autors

Vorgartenstraße, Valdimir Wurdelak muss einen Fahrschein kaufen, während Frau Helsinger eine Monatskarte hat. Deswegen schafft es Vladimir Wurdelak auch nur äußerst knapp, in den hintersten Waggon der abfahrenden U-Bahn zu springen. Er hält sich keuchend an der Stange an, den Sitzplatz, der ihm von einem Mädchen angeboten wird, den lehnt er aber dankend ab. „Ich stehä lieber, Putzikam!“ Das Mädchen setzt sich wieder und Opa blickt sich im Waggon um. Er kann Frau Helsinger nicht entdecken und den Hund kann er auch nicht erschnuppern. Er geht durch den Waggon. „Frau Helsingär ist offenbar weitär vornä eingestiegän!“, flüstert er sich selber zu. „So wird es sein!“ Er wurschtelt sich weiter immer in Fahrtrichtung, aber keine Spur von Frau Helsinger. Aus dem Lautsprecher wird die nächste Station angesagt: „Praterstern, Bahnhof Wien Nord!“ Vlad Wurdelak wird ein wenig hektischer. Noch einmal blickt er um sich. Er nimmt sich vor, bei der nächsten Station schnell in den nächsten Waggon in Fahrtrichtung umzusteigen, um dort seine Suche fortzusetzen. Rasch springt er in der Station aus dem Waggon und wäre fast in den nächsten Waggon gehüpft, da sieht er Frau Helsinger, die am Bahnsteig steht und wild mit zwei Herren brüllt und gestikuliert. Die beiden Herren tragen Sonnenbrillen und leicht zu enge Sakkos.

Zuerst denkt Opa, dass die beiden Personen vielleicht auch Halbvampire sind, die ein Hühnchen mit Frau Helsinger zu rupfen haben. Wegen der Sonnenbrillen, die sie in der U-Bahn tragen. Aber als er sich den drei streitenden Personen nähert, bemerkt er, dass Frau Helsinger zwei Zivilkontrolleuren in die Fänge geraten ist, weil sie für den Hund Hermanndi keinen Kinderfahrschein gelöst hat und Hund Hermanndi keinen in der U-Bahn vorschriftsmäßigen Beißkorb trägt. Frau Helsinger brüllt gerade die Kontrolleure an, dass sie „Beziehungen und Bekannte“ in „hohen Stellen“ habe, und dass sie diesen Vorfall noch heute eben diesen „Beziehungen und Bekannten“ in den „hohen Stellen“ vortragen werde, und dass ihr Neffe sowieso ein „höheres Amt“ bei der „Gemeinde“ an „prominenter Stelle“ bekleiden würde. Die beiden Kontrolleure lassen sich aber dadurch nicht beeinträchtigen und bemängeln außerdem, dass Hund Hermanndis Hundemarke seit zwei Jahren abgelaufen ist. Unauffällig huscht Vladimir in dem Moment an den drei Streitenden vorbei in Richtung Rolltreppe. Er beschließt beim Zeitungsstand auf Frau Helsinger zu warten, da er meint, dass sie nur dort an ihm vorbeikommen, und er die Beschattung unauffällig fortsetzen kann. Und wirklich, nach wenigen Minuten stampfen Frau Helsinger und Hund Hermanndi, beide vor Zorn bebend, an Vladimir Wurdelak vorbei zur Rolltreppe, die beide in Richtung Praterstern befördert. Opa Wurdelak verliert keine Zeit und heftet sich sofort wieder an die Fersen von Frau Helsinger. Er folgt ihr in Richtung Praterstraße, vorbei an der Aida, vorbei am Bonbonladen, am Hotel Classic, bis zum Kaffeehaus Dogenhof, welches Frau Helsinger wild entschlossen betritt. Opa Wurdelak geht weiter bis zur nächsten Gasse. Dann dreht er sich um und geht wieder am Kaffeehaus Dogenhof vorbei. Er linst unauffällig in den prächtigen Innenraum und sieht, dass Frau Helsinger mit einem jungen Mann ganz hinten an einem kleinen Tisch sitzt und wild mit den Händen herumfuchtelt. Opa Wurdelak betritt nun ebenfalls das Kaffeehaus, schnappt sich beim Eintreten eine möglichst große Zeitung und hält sie sich vors Gesicht, damit ihn Frau Helsinger nicht erkennen kann, sollte sie einmal in seine Richtung schauen. Zum Glück macht ihn die Chefin des Kaffeehauses rechtzeitig darauf aufmerksam, dass er die Zeitung verkehrt herum hält. Umgedrehte Zeitungen wirken schlecht als Tarnung. Opa Wurdelak bestellt einen Tee mit Rum, ein Glas Blutorangensaft und schnappt sich unauffällig eine fette Stubenfliege, die träge zwischen den Seiten des Kulturteils aus der Zeitung hervorkriecht. Als er den jungen Mann das Wort „Werwolf“ sagen hört, wird sein Blick starr wie der eines Raubtieres. Als er aus dem vollen Mund von Frau Helsinger die Worte „Wurdelaks“ und „Vampire“ vernimmt, beginnt er leise zu knurren.

„Herthamädäl hat Recht gehabt mit dem Verdacht gegen Frau Helsingär!“

Opa Wurdelak trinkt einen Schluck Tee und beschließt zu warten. Das muss er nicht allzu lange. Nur zwei Diät-Cremeschnitten später, die Frau Helsinger zügig verspeist, und einer großen Tasse koffeinfreien Kaffees mit ganz viel fettfreiem Schlagobers springt Frau Helsinger auf. Sie küsst und herzt den jungen Mann, auch Hund Hermanndi wird hochgehoben, damit er dem Mann über das Gesicht lecken kann, und verlässt stampfenden Schrittes das Kaffeehaus, ohne Vladimir Wurdelak zu entdecken. Der bleibt hinter seiner Zeitung sitzen und wartet, bis der junge Mann das Kaffeehaus verlässt. Als er das tut, heftet sich Opa Wurdelak blitzschnell und unauffällig an seine Fersen.

Nachmittag

Anna Wurdelak, geborene Zissersdorfer*, steht am Herd und rührt energisch in einem scharfen Schabengulasch.

„Wenn mir einer vor einem Jahr gesagt hätte, dass ich einmal so etwas essen werde, und mir das auch noch schmecken wird, dem hätte ich aber so was von heftig den Vogel gezeigt!“, brummt sie und schmeckt das Gulasch noch mit ein wenig scharfem Paprika und geriebenen Spinnenfüßchen ab. Als das Gulasch aufkocht, dreht Anna die Flamme ab. Sie will, dass das Gulasch noch ein wenig zieht. Anna möchte das Gulasch noch einmal aufkochen lassen, wenn Hertha, Ludmilla, Franz Josef und Opa Vladimir zum Essen kommen. Auch Ferdl, Ludmillas Freund, hat sich angesagt. Der weiß zwar nicht, was in dem Gulasch drinnen ist, aber er ist ein braver Esser und lebt streng nach dem Grundsatz: „Was auf den Tisch kommt, das wird gegessen!“ Bis jetzt hat es ihm bei den Wurdelaks auch immer geschmeckt. Anna schnappt sich eine Illustrierte und setzt sich wieder auf die Wohnzimmercouch. Dort hat sie das Telefon in Griffweite, falls jemand anruft und Neuigkeiten über Möpsi zu berichten weiß. „Armer kleiner Kerl!“, denkt Anna.

---

* Vorgeschichte hierzu im Band: „Blut ist kein Himbeersaft“, ebenfalls im G&G Verlag erschienen, erhältlich im ambitionierten und gut sortierten Buchhandel.

HIMBEER WURM
BAYRISCHE BLUTEGEL BACK-MISCHUNG

1
Zuerst die Zwiebel in den Topf.
2
Ein bisserl was Scharfes!
3
Getrocknete Schabenbeine! Die geben ein tolles Aroma!
ZISCHHH
4
Und dann ...
PAPRI
PULV

MÜCKEN
EXTRAK
1994
F-MAUS
PIRANHA
PASTE
ELGISCHE
ELSEN
5
Frische Schaben!
HUiiiiiii
JUHUUU
6
Frische Mehlwürmer!
HUST!
JAPS!
7
Nicht vergessen: Zum Schluss alles gut abschmecken!
SALZ vom ROTEN MEER
nies-Pfeffer
Das wird ein Schabengulascherl! Schmackofatz!

Da läutet das Telefon. Es ist Ludmilla. „Wir werden noch ein bisserl brauchen, Anna!“, keucht es aus dem Hörer. „Wir wollen noch ein paar Plakate aufhängen und Zettel verteilen! Es wird später!“

Anna erkundigt sich, wo Ludmilla und Franz Josef gerade sind, damit sie Opa oder Hertha Wurdelak Bescheid geben kann, sollten sich Opa oder Hertha nach den Jungwurdelaks erkundigen. „Wir sind in der Gegend von der Praterstraße und verteilen gerade Zettel vor den Schulen in der Zirkusgasse und der Blumauergasse! Bussi!“ Anna hört es in der Leitung knacken und wendet sich wieder ihrer Illustrierten zu. Da schlägt das Telefon erneut an. Schnaufend greift Anna nach dem Hörer. Jetzt ist es Hertha Wurdelak. „Grüß dich Anna, gibt es etwas Neues?“ Anna Wurdelak verneint. „Bei mir wird es etwas später werden, weil ich noch schnell einen Fahrgast zum Flughafen chauffieren müsste. Der schaut mir nach fettem Trinkgeld aus, so geschniegelt wie der ist! Da kann ich mir dann den Rest des Tages freinehmen und euch noch besser bei der Suche nach unserem Möpsi helfen!“ Anna nickt: „Ist recht, Schatzerl!“ Sie legt den Hörer wieder auf die Gabel und blättert in ihrer Illustrierten weiter. Da plärrt das Telefon erneut. Anna hebt ab und säuselt: „Hallo, Vladibärchen!“ Stille am anderen Ende der

Leitung. Dann schnauft es. „Woher weißt du, dass ich es bin, Putzi?“, dröhnt es jetzt aus dem Hörer. „Weil die anderen Wurdelaks schon alle angerufen haben. Außer Goran, aber der steht wahrscheinlich an der Druckmaschine und hat keine Zeit zu telefonieren! Gibt es etwas Neues, Vladili?“

Aus dem Hörer plappert es nun aufgeregt: „In der Tat, Putzi! In der Tat! Ich habä heißä Spur! Ich verfolge einän jungän Mann, der sich mit der alten Schachtäl Helsingär, diesär Schabrackä, getroffän hat. Und es wurdä geredät über den Werwolf Möpsi und über Vampire wie uns! Da braut sich was zusammän!“

Anna wird noch eine Spur blasser, als sie ohnehin schon ist. „Vladi, ich bitte dich, pass auf!“, keucht Anna. „Wo bist du, jetzt?“

„Ich verfolgä den Mann auf der Praterstraße in Richtung Donaukanal. Er biegt ab in Zirkusgassä, ich bleibä dran!“ Dann legt Opa Wurdelak auf.

Auch Anna legt den Telefonhörer erneut auf die Gabel und geht besorgt im Zimmer auf und ab. „Ich hoffe, der Vladi passt gut auf auf sich. Er ist manchmal so ungestüm!“, murmelt sie. Da läutet es an der Tür. Ludmilla, Franz Josef und Ferdl stehen vor der Tür. Sie wirken abgehetzt. „Hunger!“, keucht Franz Josef. „Was kriegen wir denn, Gutes?“ Anna geht in die Küche und dreht die Herdplatte mit dem Schabengulasch auf. „Ein Gulasch mit ganz frischen Küchenschab... äh Küchenkräutern und nach einem Geheimrezept der Gräfin Camilla! Überaus wohlschmeckend!“

„Super!“, ruft Ferdl. Ludmilla und Franz Josef müssen sich sehr anstrengen, damit sie nicht laut loslachen.

Zur gleichen Zeit in der Praterstraße

Opa Wurdelak ist völlig vom Jagdfieber ergriffen. Deswegen sind seine spitzen Eckzähne nach vorne geschnellt und seine Fingernägel haben sich zu spitzen Krallen verformt. Mit diesen Krallen hat er ein Loch in die Zeitung gebohrt, damit er Waldmann Helsinger gut verfolgen und beobachten kann. Außerdem kann er so vermeiden, dass er ständig gegen Hydranten und Laternenmaste läuft, weil er nun wieder sieht, wohin er geht. An der Ecke Praterstraße und Zirkusgasse bleibt Opa Wurdelak kurz stehen. Er will es vermeiden, zu nahe an Waldmann Helsinger zu geraten und deswegen entdeckt zu werden. Waldmann Helsinger geht an der Bücherei vorbei. Plötzlich wechselt er die Straßenseite und dreht sich hektisch um. Opa Wurdelak geht hinter dem Lieferwagen einer Wäscherei in Deckung. Als Waldmann Helsinger seinen Weg fortsetzt, folgt er ihm wieder. Opa Wurdelak beginnt zu knurren. Er ist kurz davor, die Kontrolle über sich zu verlieren, und sich auf Waldmann Helsinger zu stürzen. Wieder bleibt Helsinger abrupt stehen. Mit einer eleganten Bewegung zieht er sein Handy aus der Sakkotasche. Wild mit der freien Hand herumfuchtelnd, zischt er hinein. Plötzlich dreht Waldmann Helsinger sich um. Dieses Mal schafft es Vladimir Wurdelak nicht, sich zu verstecken. Er hält sich, vor Zorn bebend, die Zeitung vors Gesicht und dreht sich ebenfalls um. Helsinger dreht sich wieder um, steckt das Handy zurück in sein Sakko und setzt seinen Weg fort. Er strebt dem großen Turm aus Stahl und Spiegelglas zu. Opa Wurdelak atmet tief durch und folgt ihm wieder. Er bemerkt die beiden Gestalten in ihren grellgrünen Schutzanzügen nicht, die sich seit ein paar Minuten an seine Fersen geheftet haben. Opa Wurdelak beobachtet, wie Waldmann Helsinger dieses Hochhaus betritt. Er liest halblaut, was auf der großen Marmortafel steht, die neben der Drehtür befestigt ist: „MA 4711 – Magistratsabteilung für Gezücht und Gewürm – Geheimlabor – Bitte nicht weitersagen!!!“

Schnell zieht Opa nun seinerseits sein Handy aus der Hosentasche. Er wählt die Nummer der Wurdelakwohnung. Da spürt er einen stechenden Schmerz am Hinterteil. Ihm wird schwummrig. Die Zirkusgasse beginnt, sich um Opa Wurdelak zu drehen. Hinter sich hört er Schritte und das Krächzen eines Funkgerätes.

„Hallo, hier bei Wurdelak!“, hört Opa Annas Stimme aus dem Hörer seines Mobiltelefons.

Er hört sich selber noch stöhnen: „Zirkusgasse, Hochhaus!“, dann sinkt er auf die Knie.

„Vladiiiiiii! Ist dir was?“, hört er Annas besorgte Stimme. Vladimir Wurdelak fällt vornüber. „Vladiiii!“, brüllt es aus dem Hörer. Verschwommen sieht Vladimir noch, wie ihm eine Hand, die in einem Gummihandschuh steckt, das Handy aus der verkrampften Hand schlägt. Er sieht, wie das Handy auf dem Gehsteig aufschlägt und wie ein schwerer Stiefel auf das Handy draufsteigt. Unter der Stiefelsohle zerbröselt das Handy knirschend. Vladimir Wurdelak wird schwarz vor den Augen. „Anna!“, keucht er noch und ganz entfernt hört er noch einen der Männer sagen: „Beranek an Geheimzentrale! Die Gelse ist gefangen! Ich wiederhole: Die Gelse ist gefangen!“ Dann ist es endgültig finster.

Wie wird mir?
Die Gelse ist gefangen! Ich wiederhole: Die Gelse ist gefangen! Kchrrzzz …

Fünf Minuten später, Hubert-Landei-Hof

Anna Wurdelaks Gesicht hat nun endgültig die Farbe frischen Topfens angenommen. Seit drei Minuten steht sie nun schon im Wohnzimmer und bebt. In der rechten Hand hält sie den Telefonhörer aus dem hektisch das Besetztzeichen tutet. Sie ist kurz davor, die Fassung zu verlieren.

„Anna, was ist denn los mit dir?“, erkundigt sich Ludmilla besorgt.

Aber Anna Wurdelak reagiert nicht. Da hat Franz Josef eine Idee. Er geht in die Küche und holt ein Papiersackerl. Er bläst es auf und stellt sich neben Anna. Dann lässt er es knallend zerplatzen.

„Jössersna!“, quietscht Anna. Sie holt tief Luft. Dadurch kehrt ein wenig Farbe in ihr Gesicht zurück. Sie sieht nun farblich aus wie ein blasser Punschkrapfen. „Sie haben den Vladi!“, zischt sie wütend.

„Wer?“, will Ludmilla wissen.

„Warum?“, erkundigt sich der Ferdl, der ja keine Ahnung hat, dass die Wurdelaks Vampire sind.

Franz Josef drückt Ferdinand ein Mistsackerl in die Hand. „Kannst du zum Mist gehen, bitte?“, fragt er den verdutzten Ferdl. Der nimmt das Mistsackerl und verlässt kopfschüttelnd das Wohnzimmer, um anscheinend wirklich zum Mist zu gehen.

Als Anna und die Kinder die Wohnungstür ins Schloss fallen hören, erklärt Anna Ludmilla und Franz Josef die Lage. „Offensichtlich habe die Menschen, die unseren Möpsi haben, nun auch euren Opa, meinen Vladi!“, schluchzt Anna. „Er war in der Zirkusgasse, als das passiert ist, und dann war er plötzlich weg. Er hat nur mehr ‚Zirkusgasse‘ und ‚Hochhaus‘ gestöhnt. Dann hat es ganz grauslich geknackt und dann war nur mehr das Besetztzeichen.“

„Zirkusgasse? Hochhaus!“, murmelt Ludmilla. „Ich glaub, ich weiß, was der Opa meint!“

„Nix wie hin!“, ruft Franz Josef.

„Jetzt gibt’s Saures!“, knurrt Anna.

„Ich komme auch mit!“, ruft Ferdl, der plötzlich mitten im Zimmer steht, das Mistsackerl immer noch in der Hand. „Ich habe euch belauscht! Kapieren tu ich zwar nicht alles, aber ihr könnt mich ja unterwegs aufklären!“

Ludmilla schnappt Ferdl bei der Hand und knurrt: „Na, dann komm und mach dich auf eine unglaubliche Geschichte gefasst! Wir sind nämlich nicht ganz normal, wir Wurdelaks! Pass auf!“ Sie sieht Ferdl nun direkt ins Gesicht. Ihre Augen

Ja, wir sind wirklich nicht ganz normal, wir Wurdelaks!
Ferdl! Ferdl! Ist alles okay?

sind schmale Schlitze, ihre Ohren sind angelegt, Ludmillas Finger haben sich zu Krallen verformt, ihre Haare stehen zu Berge und alle vier Eckzähne sind lang und spitz. „Gefällt dir, was du siehst, Ferdl?“, kichert sie.

Ferdl blickt seiner Freundin ungläubig ins Gesicht. Er dreht sich nach Anna und Franz Josef um. Aber auch Franz Josef und Anna haben sich verwandelt und schauen nun irgendwie sehr gruselig aus der Wäsche. „Ich glaub ich bin im falschen Film!“, stöhnt Ferdl noch, dann fällt er einfach in Ohnmacht!

Bei Frau Helsinger, zirka zehn Minuten vorher

„Freunde, das Leben ist lebenswert!“, jubiliert Frau Helsinger ihren Hund an, der fett und feist auf seinem ausladenden Hintern sitzt, sabbert und sich lautstark die Lefzen leckt. Das schmatzende Geräusch, das dadurch entsteht, würde einem neutralen Beobachter durch Mark und Bein fahren. Frau Helsinger ist darob allerhöchstens „auf das Entzückteste“ entzückt. Sie hat gerade mit ihrem Neffen Waldmann telefoniert, ihrem Nutschifanten, ihrem heldenhaften Waldibub. Der hat ihr wortreich geschildert, wie es heute noch dem Werwolf Möpsi mittels Spritze ans werwölfische Wesen geht. „Ganz brav wird er sein, der dicke Bub! Artig und still!“, hat Neffe Waldmann seiner Tante erzählt. Von dieser Nachricht war Frau Helsinger so begeistert, dass sie zur Beruhigung ein Gläschen Kaiserbirnlikör trinken musste. Aber es kam noch besser. „Und stell dir vor, Tantchen, wer uns noch ins Netz gegangen ist!“, hat Waldmann seiner Tante aufgeregt schnaufend ins Telefon gekeucht. „Das errätst du nie!“

Frau Helsinger schenkt sich nach. „Jetzt spann deine alte Tante nicht unnötig auf die Folter, Waldibub!“, hat Frau Helsinger dem braven Neffen scherzhaft gedroht. „Red schon, du Rotzbub!“

Waldmann Helsinger machte eine bedeutungsschwere Pause, ehe er weitererzählte. „Wir haben auch den alten Ungustl! Den Chef dieser Sippe. Diese Runzelgelse! Der ist dann der Nächste, der ein kleines Spritzerl in seinen Blutsaugerhintern kriegen wird. Dann ist Schluss mit dem Vampirdasein. Dann kann er höchstens im Prater auftreten als Witzeerzähler, als überwutzelter!“

Frau Helsinger war für einige Sekundenbruchteile sprachlos. Nur ein gehauchtes „Hui!“ kam ihr über die Lippen. Mit zitternder Hand schenkte sie sich ein weiteres Gläschen Kaiserbirnlikör ein und leerte es auf einen Sitz.

„Tantchen? Bist du noch da?“, krächzte es besorgt aus dem Hörer.

Aber da ließ Kriemhilde Helsinger ein Freudengebrüll los, dass der Plafond wackelte. „Bravo Waldmann! Du kriegst von mir einen römischen Einser im Monsterfangen. Prima!“

Aus dem Hörer kicherte es stolz. Es klang wie „Harhar-har!“

Wie von Sinnen hatte Frau Helsinger den Hörer auf die Gabel geknallt und ihren verdutzten Hund Hermanndi hochgenommen und wie wild abgebusselt. Sie ist mit ihrem Hermanndi zu den Klängen des eilig aufgelegten Radetzkymarsches durch die Wohnung marschiert und hat ganz laut und knapp neben dem Takt „Tschinderassabumm“ gebrüllt. Als der Radetzkymarsch aus war, hat sie Hund Hermanndi auf den Teppich gesetzt und sich selber in einen Ohrensessel verfügt, wo sie auch jetzt noch sitzt und Freudenlieder röhrt. Während Hund Hermanndi einfach umfällt und zu schnarchen beginnt.

Fast zur gleichen Zeit, nur zwei U-Bahnstationen entfernt, erwacht Opa Wurdelak in einer Zelle und hat einen gewaltigen Brummschädel. Er hat sich schon einmal besser gefühlt. Er greift sich an den Kopf und spürt eine kleine Beule. „Hat

Betäubung nicht gereicht! Man hat mir wohl auch noch eins übergebratän! Wo bin ich?" Er sieht sich um. Er ist in einer vergitterten Zelle in einem größeren Raum, in dem sich noch andere Zellen und jede Menge Käfige befinden. Noch sieht Opa Wurdelak alles sehr verschwommen, aber bald ist sein Blick so klar wie eh und je. Ein bisschen kurzsichtig ist er zwar, aber mit fast 800 Jahren da wären manche froh, wenn sie überhaupt noch etwas sehen könnten. In einem der Käfige sieht Opa Vlad eine sehr vertraute Gestalt, die schon die ganze Zeit zu ihm herüberstarrt. „Möpsi?", brummt Opa Wurdelak. „Bist du es, mein Dickerchen?"

Aus dem Käfig kommt fröhliches Jaulen, das Zustimmung signalisieren soll.

„Möpsi, geht es gut?", erkundigt sich Opa Vlad besorgt nach dem Befinden seines Werwolfes.

„Danke! Es geht gut, aber ich habe großen Hunger! Hunger, Kohldampf mit Magän, was mir hängt in Kniekehle! Aber ich nehme nix von Gfrastsackel mit Spritze und Glatze!"

Opa ist sehr erfreut, dass es Möpsi halbwegs gut geht, und dass der kleine Kerl seinen Mut offenbar noch nicht ganz verloren hat. Er nickt zufrieden. „Recht hast du, Möpsi! Du bist halt mein Bub! Fast so wie mein Sohn!"

Möpsi wölbt stolz seine Brust. Jetzt, wo sein Herrchen bei ihm ist, da kann es eigentlich nur mehr gut werden. Man weiß noch nicht wie, aber es wird! Ganz sicher. Mitten in diesen schönen Gedanken sträuben sich plötzlich Möpsis Haupthaare. Er hört nahende Schritte: „Passen Sie auf, Herr Wurdelak! Böse Person kommt näher!“

Opa Wurdelak beginnt zu knurren: „Soll sich hertrauän, der Knilch!“

Da öffnet sich die Tür und in ihr steht Waldmann Helsinger und grinst siegessicher: „So, Monstren! Eure Monsterzeit wird bald abgelaufen sein! Bald werdet ihr artige und wertvolle Mitglieder unserer Gesellschaft werden, so wie sich das gehört! Ihr könnt es jetzt auf die harte oder die weiche Tour haben! Die Entscheidung liegt ganz bei euch, Kreaturen!“

Opa Wurdelak blickt Monsterforscher Helsinger zornig ins hornbebrillte Auge. „Lieber ist uns hartä Tour, Quacksalbär, elendiger!“, knurrt er und spuckt Waldmann Helsinger gekonnt vor die Füße.

Eine halbe Stunde später im Hubert-Landei-Hof

Ferdl Bumsternazl erwacht nun schon das dritte Mal aus seiner Ohnmacht. Doch kaum sieht er Ludmilla und die anderen anwesenden Wurdelaks, wird ihm wieder schwindlig und schwarz vor den Augen.

„Dein Typ, der schtellt sisch an wie ein ziemlisches Weichei!“, brummt Franz Josef und blickt verächtlich auf den am Boden liegenden Ferdl, der laut schmatzend an seinem Daumen nuckelt.

„Ich schau mir das nicht länger an! Und du solltest echt einmal zum Zahnarzt, Bruderherz. Dauernd lispelst, wenn du dich wandelst, und hast dann eine sehr feuchte Aussprache!“, zischt Ludmilla und verschwindet im Bad. Wenige Augenblicke später kehrt sie wieder, einen Kübel Wasser in Händen. Noch ehe Frau Anna und Franz Josef ihr in den Arm fallen können, schüttet sie mit Schwung und Elan den Inhalt des Kübels auf ihren Freund Ferdl.

Der prustet lautstark, reißt die Augen auf und schickt sich an, als er Ludmilla und die anderen Wurdelaks sieht, erneut in Ohnmacht zu fallen. „Dableibst, Ferdl!“, zischt Ludmilla böse. Sie beugt sich zu Ferdl runter, schnappt ihn am Hemdkragen, beginnt ihn heftig zu beuteln, und ihm ebenso heftig die Wangen zu tätscheln. Ferdls Wangen nehmen schön langsam die Farbe von überreifen Paradeisern an. „Na bitte, geht doch!“, grunzt Ludmilla zufrieden und bleckt die Zähne.

„Jössersna!“, ruft Ferdl und verdreht schon wieder die Augen, um ohnmächtig zu werden.

„Nicht schon wieder!“, knirscht Luddmilla und gibt Ferdl eine herzhafte Ohrfeige. Nun ist Ferdl endgültig wach.

„Na, bitte!“, ruft Franz Josef. „Geht ja eh!“

Ferdl blickt verwirrt in die Runde und haucht dann: „Seid ihr alle echt Vampire oder so?“

„Halbvampire, bitte! So viel Zeit muss sein!“, grinst Ludmilla.

Anna Wurdelak, Opas Frau und Ludmillas und Franz Josefs Stiefgroßmutter, wird schön langsam ungeduldig: „Bitte, wir müssen uns was überlegen, wegen Vladimir und Möpsi! Es muss etwas passieren! Wer weiß, in welch großer Gefahr sich die beiden befinden!“ Ludmilla und Franz Josef nicken. Ferdl hält sich die brennenden Backen.

„Aber was sollen wir tun?“, erkundigt er sich.

„Das ist unsere Sache, da hältst du dich raus!“, brummt Ludmilla.

Daraufhin schmollt Ferdl.

„Lasch ihn doch helfen, wenn er helfen will!“, ruft Franz Josef.

Anna nickt. „Wir können jede Hilfe brauchen, die wir kriegen können.

Ludmilla sieht das ein: „Entschuldige, Ferdl, war nicht so gemeint! Ich bin halt ein bisserl grantig, weil der Opa und der Möpsi weg sind!“

Ferdl winkt ab: „Ist schon okay! Ich wäre auch nervös und grantig, wenn jemand meinen Papa entführen würde! Aber ich kann euch sicher helfen, weil ich bin ortskundig und kann ein paar Judotricks!“

Ludmilla blickt Ferdl ergriffen an. „Mein Ferdl ist halt ein starker Held!“, kichert sie.

Aber Franz Josef unterstreicht den ernst der Lage dadurch, dass er darauf keine blöde Bemerkung fallen lässt, sondern sich erkundigt, wie es jetzt weitergeht. „Der Vladimir hat gesagt, dass er in der Zirkusgasse ist, und dass er ein großes hohes Haus sieht, in das der Neffe von der Schreckschraube Helsinger hineinverschwindet!“

„Das muss das Hochhaus in der Zirkusgasse sein!“, ruft Ferdl.

„Mein Ferdl ist nicht nur ein starker Held, nein, mein Ferdl ist auch ein Blitzmerker!“, ruft Ludmilla.

Franz Josef nickt und muss sich sehr plagen, damit er nicht losprustet. Aber die Lage ist nun einmal ernst, da gibt es nichts zu lachen. Noch nicht!

Da läutet es an der Tür. „Ferdl, geh aufmachen!“, befiehlt Ludmilla, aber Anna kommt ihm zuvor und geht zur Tür. Sie öffnet die Tür und sieht Frau Helsinger und Hund Hermanndi.

Frau Helsinger trieft vor Schadenfreude und Hund Hermanndi müffelt und grunzt leise. „Ach, Frau Wurdelak!“, seufzt Frau Helsinger. „Weiß man denn schon etwas Neues? Vom Neffen oder was immer das entzückende Buberl zu Ihnen ist, und vom Gatten, der, wie ich höre, ja auch abgängig ist.“

Frau Helsinger sieht so falsch betroffen drein, dass Anna Wurdelak nur schwer dem Impuls widerstehen kann, ihr eine Backpfeife oder wie man in Wien sagt, eine ordentliche Tachtel oder einen gepflegten Bracholder zu verabreichen. „Woher weiß das Biest, dass mein Vladi verschwunden ist?“, denkt sich Anna und ist sich jetzt ziemlich sicher, dass Frau Helsinger etwas mit dem Verschwinden von Möpsi und Opa Wurdelak zu tun haben muss. „Warum kommen Sie denn nicht herein, Frau Helsinger?“, grinst Anna einladend wie ein Haifisch. „Bei einer Tasse Tee da plaudert es sich doch viel angenehmer, oder nicht?“

Frau Helsinger nickt. „Da sag ich nicht nein! Einen Tee kann

Was wollt ihr von mir, Elende?
Guten Abend, Frau Helsinger!
Wir hoffen, Ihnen gefällt, was Sie sehen?
Kchhhhhhh!
Jössersna!

man immer trinken. Komm Hermanndi!“ Frau Helsinger bemerkt nicht, dass ihr Hund Hermanndi schon seit einiger Zeit die Nackenhaare aufgestellt hat und knurrt. Auch deutet sie Hund Hermanndis knurrende Verweigerung, die Wohnung der Wurdelaks zu betreten, völlig falsch. Sie nimmt den Hund einfach hoch und huscht an Frau Anna vorbei in die Wohnung. „Für den Hund bitte ein Wassi!“, zwitschert Frau Helsinger noch. Da hört sie hinter sich eine Stimme, die nur zu Anna Wurdelak gehören kann, aber so gar nicht nach Anna Wurdelak klingt.

Sehr fauchend, sehr verzerrt klingt die Stimme: „Was immer sie wollen, Frau Helsinger!“ Dann spürt Frau Helsinger, wie sich eine dürre, krallige Hand in ihre Schulter bohrt. „Kommen Sie ruhig weiter!“, zischt Anna Wurdelak und Frau Helsinger wird es ziemlich mulmig im Bauch. Hund Hermanndi hechelt ängstlich.

Wenig später im Labor der MA 4711

„Ich seh, ich seh, was du nicht siehst, und das ist … weiß!“, ruft Möpsi. Das Ratespiel, das er mit Opa Wurdelak spielt, der ein paar Käfige weiter hockt, lenkt den kleinen Werwolf von seinen Sorgen ab. Außerdem war die Sitzerei im Käfig schon ein wenig fad. Da ist es doch mit Opa Vladimir viel lustiger.

Auch wenn in dem blöden Labor einfach alles weiß ist und es völlig egal ist, was Opa Wurdelak lustlos aus seiner Zelle rausknurrt. Weiß bleibt eben weiß. Aber Möpsi unterhält sich prächtig. „Ich seh, ich seh, was du nicht siehst, und das ist … weiß!“, ruft Möpsi erneut.

Opa Wurdelak schnauft genervt: „Dreiundvierzigstä Kachäl von links und hintän!“, grunzt Vladimir Wurdelak.

Möpsi klatscht begeistert die Hände zusammen. „Bravo, Herr Wurdälak! Du bist ein echter Ratäfuchs!“

Opa Wurdelak schickt eindeutige Blicke gegen die weiß gekachelte Zimmerdecke. Plötzlich fährt er herum. Die Tür öffnet sich und Waldmann Helsinger betritt mit schneidigem Schritt das Zimmer. Opa Wurdelak beginnt leise zu fauchen und zu knurren. Langsam wachsen ihm vier spitze Fangzähne, wo sonst normale Eckzähne sind. Seine Finger werden zu Krallen, er verbirgt sie geschickt in seinen Hosentaschen. „Herr Professor!“, spricht er Waldmann Helsinger fast flüsternd an.

Der dreht sich zu Opa Wurdelak um und mustert ihn mit nachsichtiger Verachtung, während Möpsi sich bemüht, möglichst bedrohliche Geräusche zu machen. „Ja!“, näselt Waldmann Helsinger in Richtung Opas Zelle. „Was kann ich für dich tun, du Kreatur!“

Opa Wurdelak lächelt möglichst verbindlich. „Es ist mir peinlich, abär ich müsstä bittä einmal! Auch Vampirä müssän Pipi!“

Waldmann Helsinger blickt Opa Wurdelak interessiert an. „Faszinierend!“, brummt er, mehr zu sich selber. „Das ist ja sensationell! Das muss ich gleich notieren! Auch Vampire müssen auf die kleine Not zum Abort*!“

Nun blickt Opa Wurdelak sehr verlegen. „Bittä, ich habä sehr dringend! Die Aufregung!“

Waldmann Helsinger hat heute seinen gütigen Tag. „Natürlich Alterchen, bist ja auch nicht mehr der Jüngste, was?“, kichert er verächtlich.

Opa Wurdelak knirscht mit den Zähnen und schüttelt den Kopf. Er ist sehr bemüht, möglichst arm aus der dunklen Wäsche zu blicken. Um die Dringlichkeit seines Begehrs noch zu unterstreichen, wetzt er ein wenig in seiner Zelle hin und her und macht „Uiuiui!“.

„Na, dann! Bevor es in die Hosen geht! Schließlich seid ja ihr zwei die Monster und nicht ich!“ Waldmann Helsinger geht zu Opas Zelle und schließt auf.

Möpsi knurrt und geifert zornig vor sich hin. „Ruhig, Möp-

---

* Altertümlicher, amtsdeutscher Begriff für WC. Anm. d. Autors

si!“, zischt Opa in Richtung des Käfigs, in dem Möpsi hockt. „Ich kommä gleich wieder zurück, dann wird alles leichter werden!“

Waldmann Helsinger zieht eine kleine Pistole aus seinem Arbeitsmantel. „Die schießt mit Betäubungspfeilen, nur damit du auf keine dummen Gedanken kommst, du alte Gelse!“, knurrt Waldmann Helsinger und kommt sich ein bisschen vor wie Dirty Harry* oder, in seinem Fall, wie Dirty Waldi.

„Nur zum Klo und retour!“, sagt Opa Wurdelak möglichst kleinlaut.

Waldmann Helsinger fuchtelt bedrohlich mit der Waffe und gerade als Opa Wurdelak in Richtung Klo gehen will, läutet Waldmanns Handy. Er hebt ab. „Helsinger!“, meldet er sich schneidig. Doch dann wird er bleich. „Ich verstehe!“, brummt er. „Bitte tun Sie nichts Unüberlegtes!“

In dem Moment spürt Waldmann Helsinger eine Krallenhand, die sich um seinen Hals legt. Mühsam ringt er nach Luft. „Und jetzt bittä Käfig von Möpsi öffnän, bittä! Sonst muss ich leider schnappän.“

---

* Dirty Harry ist ein Polizist aus einer Serie von Kriminalfilmen, der immer zuerst schießt und dann fragt. Anm. d. Autors

Waldmann Helsinger lässt erschrocken das Handy fallen. Aus dem Handy tönt es blechern: „Hallo! Hallo?“ Opa Wurdelak kümmert sich nicht weiter um das am Boden liegende Mobiltelefon. Er schiebt Waldmann Helsinger in Richtung des Käfigs von Möpsi. Möpsi knurrt und keift und spuckt wild vor sich hin. „Möpsi, aus!“, ruft Opa Wurdelak. „So, bitte, Professorchen! Aufsperrän!“ Zitternd sperrt Waldmann Helsinger Möpsis Käfig auf. Der springt freudig aus dem Käfig, tritt Waldmann Helsinger gegen das Schienbein, und führt im Labor einen wahren Freudentanz auf. „Sei leisä, Möpsi!“, ruft Opa Wurdelak dem freudig tobenden Werwolf zu. „Wir wollän nicht, dass wir Besuch bekommän, oder?“ Augenblicklich ist Möpsi still.

Auf Waldmann Helsingers Stirne bilden sich Schweißperlen. Seine Brille beschlägt sich. „Und jetzt?“, fragt er bang. Von seiner ganzen Herrlichkeit ist nichts mehr übrig.

„In den Käfig, bittä!“, knurrt Opa Wurdelak, während er Waldmann Helsinger mit einer neckischen Bewegung die Betäubungspistole aus dem Arbeitsmantel zieht. Schlotternd vor Angst kriecht Waldmann Helsinger in den Käfig. „Dankä, Professor!“, grinst Opa Wurdelak, Möpsi zeigt Helsinger die Zunge und macht „Bäh!“.

„Was passiert jetzt mit mir?“, erkundigt sich Waldmann Helsinger besorgt. Vladimir Wurdelak zuckt die Schultern. „Ich weiß noch nicht!“, brummt er. „Komm, Möps! Wir gehen! Bald ist Vollmond!“

„Was machän wir jetzt, Chef?“, will Möpsi wissen.

„Die Fliegä, Möpsi! Aber ganz flott!“, erklärt Opa Möpsi das weitere Vorgehen. Das Handy nimmt er noch schnell an sich und dann huschen Möpsi und Opa aus dem Labor.

Ein bisserl vorher und dann gleichzeitig bei den Wurdelaks

Frau Helsinger war schon einmal besser zumute. Sie sitzt in einem Ohrensessel und scheppert wie ein Kluppensackerl. Auch Hund Hermanndi schlottert, schmatzt und gähnt in einer Tour, um diese seltsamen Wesen mit den großen langen Fangzähnen zu beschwichtigen. Für einen kurzen Moment erlangt Frau Helsinger ihre Fassung. „Fass Hermanndi, fass!“, haucht sie schwach. Das hat zur Folge, dass Hund Hermanndi in Ohnmacht fällt. Nun ist Frau Helsinger ganz auf sich alleine gestellt. „Was haben Sie vor mit mir, Sie Gezücht Sie? Ich warne Sie, mein Neffe Waldmann, der ist wichtig!“

„Gusch, Schaschtrommel!“, lispelt Franz Josef, der wirklich ein Sprachproblem hat, wenn er seine Fangzähne ausgefahren hat. Die sind echt zu lang.

Aber Anna unterbricht ihn: „Schastrommel sagt man nicht! Nicht einmal zur Frau Helsinger!“

„Tschuldigung!“, brummt Franz Josef. „Isch bin halt aufgeregt, ischt mir so rauschgerutscht!“

Ludmilla verdreht die Augen. Ihr würden noch viel schlimmere Wörter einfallen, mit denen sie Frau Helsinger anreden würde. Aber wenn schon das Wort „Schastrommel“ Ärger bereitet, dann hält sie sich lieber zurück. Außerdem geht es nicht darum, ob die alte Helsinger eine „Schastrommel“ ist. Nein, es geht darum, Opa und Möpsi gesund und munter wiederzusehen.

„Was wollen Sie von mir! Verschonen Sie wenigstens mein Hunderl!“, krächzt Frau Helsinger schluchzend. Anna Wurdelak reicht Frau Helsinger das Telefon. „Sie rufen jetzt ihren Neffen an und erklären ihm, dass er unseren Möpsi und meinen Gatten wieder auslassen soll, weil das alles ein Irrtum ist!“

„Auslassen?“, erkundigt sich Frau Helsinger.

„Freilassen, halt! Wo ich herkomme, sagt man halt ‚auslassen‘ zum ‚Freilassen‘!“

Frau Helsinger schöpft offenbar wieder ein wenig Mut und

schüttelt den Kopf. „Das werde ich nicht tun, Sie Geschöpf, Sie!“

„Dann werden Sie auch ein ‚Geschöpf‘, Frau Helsinger. Weil dann werden wir Sie ein wenig anknabbern, Sie und ihr Hundsviech!“

Frau Helsinger erbleicht. „Bitte, an mir ist gar nichts dran und ich gelte als zäh und schwer verdaulich!“

„Das hab ich mir gedacht, sie Urschel!“, knurrt Anna. „Und jetzt werde ich kraftvoll zubeißen!“

„Nein!“, kreischt Frau Helsinger. „Geben Sie mir das blöde Telefon. Ich werde meinen Neffen anrufen. Sie wählt die Nummer. Es tutet. Jemand meldet sich. „Ruf die Polizei und die Behörden, ich werde festgehalten!“, brüllt Frau Helsinger plötzlich in den Hörer. „Gegen meinen Willen, und der Hermanndi auch!“

Rasch reißt Anna Wurdelak der plötzlich tobenden Frau Helsinger das Telefon aus der Hand und knurrt hinein. „Herr Helsinger, wir haben Ihre Tante und wenn nicht passiert, was wir wollen, dann wird Ihre Tante ein Vampir wie wir, klar?“

Aus dem Hörer plappert es heftig, dann bricht die Verbindung plötzlich ab. „Hallo? Hallo!“, ruft Anna Wurdelak in den Hörer, aber es meldet sich niemand mehr. „Weg ist er, der Neffe! Was jetzt?“

„Beißen!“, faucht Ludmilla.

„Beischen!“, faucht Franz Josef.

„Das könnt ihr nicht machen!“, ruft Ferdl.

„Halt dich da raus!“, knurrt Ludmilla und fletscht mit den Zähnen.

Auch Franz Josef bleckt die Zähne. „Tscheit für einen guten Schluck!“, knurrt er.

Anna Wurdelak schüttelt den Kopf. „Ich weiß nicht, ob das richtig ist!“, erklärt sie mit einem verächtlichen Blick auf Frau Helsinger. „Ich weiß nicht, ob die weltweite Vampirgesellschaft so einen Zuwachs braucht!“

„Das ist mir jetzt in dem Moment aber so was von Blunzen!“, faucht Ludmilla.

„Warum stimmen wir nicht ab?“, erkundigt sich Ferdl.

„Du darfst aber nicht mit abstimmen, weil du kein Vampir bist!“, ereifert sich Ludmilla.

„Noch nicht!“, haucht Ferdl. „Noch nicht, Schatzi! Aber ich könnte einer werden! Ich liebe dich!“

Ludmilla wird rot.

Franz Josef kichert und Anna Wurdelak blickt rasch aus

dem Fenster, damit niemand die kleine Rührungsträne sieht, die über ihre Wange kullert.

„Hallo, ich und mein Hermanndi, wir sind auch noch da!“, kreischt Frau Helsinger, die sich offensichtlich schon wieder ein wenig gefangen hat.

„Sie kommen gleich dran, verlassen Sie sich drauf!“, zischt Anna.

Da läutet das Telefon. Anna nimmt den Hörer ab und keucht wütend: „Wurdelak!“ Aus dem Hörer plappert es aufgeregt. Anna wird noch eine Spur bleicher, dann wird sie plötzlich aufgeregt und sehr rosa im Gesicht. „Vladi, Liebling! Geht es euch gut, ist der Möpsi auch bei dir? Wo seid ihr?“

MA 4711 gegen Abend

Möpsi und Opa Wurdelak hetzen nun schon länger durch die Gänge der geheim-mysteriösen Magistratsabteilung 4711, aber das Labyrinth von Gängen und Türen überfordert die Flüchtenden. Neonröhren tauchen die mit grünem Linoleum ausgelegten und weiß gekachelten Gänge in ein helles, aber auch in ein lebloses Licht. Endlich entdecken die zwei Flüchtenden einen grünen Pfeil, auf dem das Wort „Ausgang“ zu lesen ist. Vladimir Wurdelak schnappt den Werwolf Möpsi beim Arm. Die Zeit drängt. Denn bald ist Vollmond und Möpsis Unterarm ist schon ziemlich behaart und auch die Fingernägel sind schon ziemlich lang. Auch gehorcht der kleine Werwolf nicht mehr so wie gewohnt. Richtig bockig ist er. „Komm, Möpsi! Wir müssän zum Ausgang, du musst in dein Zimmär, zu den großen Kauknochän!“ Große Kauknochen beschäftigen Möpsi, wenn er zum reißenden Werwolf wird lange genug, sodass er keine Gefahr für sich und andere Menschen, Vampire oder sonstige Lebewesen darstellt.

„Ich gehe nicht!“, knurrt Möpsi und stampft mit seinem Fuß auf.

Opa rollt mit den Augen. „Bei Fuß!“, brüllt er.

Widerwillig trottet Möpsi nun neben seinem Herrchen her, immer in Richtung Ausgang. Plötzlich geht eine Sirene los und aus einem Lautsprecher knarrt eine verzerrte Stimme. „Alarm! Dies ist keine Übung! Aus einem Forschungslabor im geheimen Geheimkeller sind ein alter Vampir und ein junger Werwolf entkommen! Nicht füttern! Wer die beiden sieht, bitte umgehend dem Sicherheitsteam melden. Die Zugänge werden verriegelt.

Mit schreckgeweiteten Augen sieht Opa Wurdelak ein Rollgitter, das sich langsam senkt und ihm und Möpsi den

Ausgang versperrt. „Möpsi, schnell, oder wir sind gefangän!“, ruft Opa Wurdelak und schnappt Möpsi am Kragen seines rot-weiß karierten Hemds, das nun schon ein wenig müffelt. Er will in Richtung Gitter laufen, aber sein linkes Schuhband ist offen, Opa Wurdelak steigt drauf und schlägt der Länge nach hin. Er fällt auf die Nase und ist benommen. Verschwommen sieht er das Rollgitter, welches sich unerbittlich weiter nach unten senkt.

Da packt ihn eine behaarte Pranke und schleift ihn weiter.

Opa Wurdelak spürt, wie er mit Schwung unter dem Rollgitter durchgeschleudert wird, er kommt sich kurz vor wie eine Bowlingkugel, dann scheppert es. Opa Wurdelak fährt herum und sieht wie Möpsi, mittlerweile schon mehr Werwolf als pausbäckiger Knabe, das Rollgitter mit beiden Pranken hält und sich wütend knurrend durchwurschtelt. Dann knallt das Rollgitter, blechern krachend, auf den Boden. Möpsi knurrt aufmunternd und hilft Opa Wurdelak auf die Beine. Das Sirenengeheul ist mittlerweile unerträglich.

„Weiter, wir müssen weiter!“, keucht Opa Wurdelak.

Aber Möpsi bleibt stehen. Er schüttelt den Kopf und deutet Opa Wurdelak, dass er verschwinden soll.

„Abär ich kann dich doch nicht alleinä lassän, Möpsi! Schon einmal hab ich dich auf der Flucht verloren*! Ich schaff das nicht noch einmal!“ Möpsi fletscht die Zähne. Er sinkt auf die Knie. Seine Ohren werden lang und spitz, sein Mund wird zu einer spitzen Wolfsschnauze mit ebenso spitzen, riesigen Zähnen. Die Schultern werden immer breiter. Das Hemd spannt sich und reißt schließlich. Die Hände und die Füße werden zu Pranken und auch Möpsis Brustkorb wird sehr breit. Möpsi richtet sich langsam auf. Er schiebt die Lefzen nach oben, sein Gesicht verzerrt sich zu einer fürchterlichen Fratze. Dann heult er bedrohlich. „Ist schon Abänd?“, denkt sich Opa Wurdelak und schaut auf die Uhr. Mit der rechten Pranke deutet Möpsi nun noch einmal, dass Vladimir Wurdelak verschwinden soll. Plötzlich tauchen hinter Möpsi Menschen in giftgrünen Schutzanzügen und grellgelben Schutzmasken auf.

„Stehen bleiben!“, brüllt der Anführer dieser seltsamen Truppe. Möpsi kläfft Opa zu. Opa nickt und schaut, dass er weiterkommt.

---

* Zu lesen im Band: „Ein Werwolf kehrt heim“, ebenfalls im G&G Verlag erschienen und im gut sortierten Buchhandel erhältlich.

MA
4711
Heuuuuuu/////
Heeeuuuuul
Halt Bürschen! Stehen bleiben!
KEUCH KEUCH
MÖPSI
Gleich wird es passierän! Gleich!
Ja, gleich haben wir dich, Buttenzwerg!

ÖHA!
Hoppala!
Grrrr! Is was? Grrrr...
MÖPSI
WAAAAAAAAAAAHH

Ein wenig vorher in der Praterstraße Ecke Schrottgießergasse

„Geh schon weiter, du dummer Hund!“, zischt Ludmilla genervt. Sie hat Hund Hermanndi an der Leine, weil Frauchen, Frau Helsinger, gefesselt und geknebelt in der Wurdelakwohnung auf dem Sofa sitzt. Eine Heimatfilm-DVD läuft dazu in Endlosschleife, damit ihr nicht fad wird und auch ein bisserl als Strafverschärfung. Außerdem wird Neffe Waldmann seine Tante wahrscheinlich nicht mehr wiedererkennen, wenn er sie sieht. Aber dazu später. Den Hund haben Anna, Franz Josef und Ludmilla mitgenommen, weil so ein Hund ja auch einmal aufs Klo muss und Anna Wurdelak auf den schönen Fleckerlteppich sehr heikel ist, weil den noch ihre Großmutter in Kleinwien geknüpft hat. „So ein Fleckerlteppich ist kein Hundeklo!“, hat Anna gemeint und beschlossen, dass der dicke Hund Hermanndi gefälligst mitgenommen werden soll auf diese Abenteuerexpedition. Der Hund Hermanndi findet das nicht und bockt, seitdem die Wurdelaks die Wohnung verlassen haben. Außerdem ist längst Essenszeit und leerer Bauch geht nicht gern Gassi, schon gar nicht, wenn der Hund Hermanndi heißt. Mittlerweile ist es dunkel und der Vollmond schickt sein bleiches Licht auch in die Schrottgießergasse im zweiten Wiener

Gemeindebezirk. Die Ohren der Wurdelaks sind gespitzt. Sie wissen, dass aus Möpsi für die nächsten Stunden ein Werwolf und ziemlicher Grantscherm* werden wird. Mit großer Mühe gelingt es Ludmilla, Ferdl und Franz Josef, den sturen Hund in Richtung Zirkusgasse zu schleifen. Endlich stehen die Wurdelaks und Hund Hermanndi gegenüber dem großen, hohen Haus in der Zirkusgasse. Hund Hermanndi sinkt sofort erschöpft zu Boden, rund um seine Lefzen bilden sich kleine Pfützchen.

„Das ist vielleicht ein scheußlicher Kasten!", sagt Ludmilla.

„Da ist ein Schild, neben der Drehtür!", erkennt Ferdl und überquert die Straße. Als er wieder zurückkommt, ist sein Blick ein wenig verwirrt.

„Na, was steht da?", will Franz Josef wissen.

„MA 4711 – Magistratsabteilung für Gezücht und Gewürm – Geheimlabor – Bitte nicht weitersagen!!!", erstattet Ferdl pflichtgetreu Bericht. Anna, Ludmilla und Ferdl schütteln darob den Kopf.

„Blöder geht's echt nimmer!", schnauft Franz Josef.

„Diskret wie ein Lobbyist!", kichert Anna.

„Und so was kassiert Steuergelder!", regt sich Ludmilla auf.

---

* Wiener Dialektausdruck für Miesepeter, Knurrhahn … Anm. d. Autors, der auch gelegentlich ein solcher ist, vor allem dann, wenn ihm nichts einfällt!

Plötzlich geht hinter der Drehtür Licht an. Die Wurdelaks verbergen sich in einem Hauseingang, Hund Hermanndi knurrt verschlafen. Eine dürre, glatzköpfige Gestalt taumelt gegen die Drehtür. Ein dumpfes Aufprallgeräusch widerhallt in der Häuserschlucht. Die dürre, glatzköpfige Gestalt taumelt zurück, schüttelt den Kopf und ergreift einen der Türgriffe und zieht daran. Nichts rührt sich. Die Gestalt fuchtelt wütend mit den Händen, der Atem der Gestalt beschlägt die gläserne Tür.

„Vlad!“, brüllt Anna.

„Opa!“, brüllen Franz Josef und Ludmilla.

„Herr Wurdelak!“, kreischt Ferdl. „Ist Ihnen etwas?“

Hund Hermanndi jault erschreckt, dann gähnt er sehr auffällig, um sich selbst zu beruhigen. Anna, Ludmilla, Franz Josef und Ferdl laufen über die Straße. Hund Hermanndi wird getragen, damit es schneller geht. Während die Wurdelaks die Straße überqueren, drückt Vladimir Wurdelak, die Gestalt an der Drehtür, anstatt hektisch daran zu ziehen und siehe da: Die Drehtür öffnet sich. Leider lässt Opa Wurdelak den chromblitzenden Griff der Drehtür nicht schnell genug aus und fährt mit der Drehtür, an deren Griff er sich mit angsterfülltem Gesicht klammert, eine Extrarunde, ehe er den heraneilenden Wurdelaks nebst menschlicher und vierbeiniger, müffelnder Verstärkung vor die Füße geschleudert wird. Opa Wurdelak kugelt seinem Rettungsteam, vor sich hinmaulend, vor die Füße beziehungsweise Pfoten und befindet sich plötzlich Aug in Aug mit Hund Hermanndi, der ihm erfreut das Gesicht ableckt. „Kann mir jemand diesen Hund vom Ponem* entfernän!“, erkundigt sich Opa Wurdelak genervt. Hund Hermanndi wedelt erfreut. Ludmilla nimmt den unwirsch zappelnden Hund hoch und Opa Wurdelak erhebt sich mühsam. Er klopft sich den Straßenstaub von seinem dunklen Anzug und blickt erschöpft in die Runde.

„Wo ist der Möpsi?“, erkundigt sich Franz Josef besorgt.

„Ist noch drinnän, armär Möpsi!“, keucht Vladimir Wurdelak müde, aber sehr aufgeregt. „Wir müssän zurück! Ich kann Möpsi nicht noch einmal im Stich lassän! Er braucht dann am Ende wiedär fast dreihundert Jahre, um mich zu finden. Dann bin ich eintausendeinhundert und ein Tattärgreis!“ Mit entschlossenem Schritt geht Opa Wurdelak wieder auf das Hochhaus zu und betritt es durch die Drehtür. Hund Hermanndi geht freiwillig mit, weil es in ein Gebäude hineingeht. Der Hund geht eben lieber wo hinein als wo hinaus. „Wir müssän in Kellär!“, erklärt Opa. „Dort ist Möpsi, aber er ist sehr, sehr wütänd!“ Die Wurdelaks und Ferdl ahnen Schlimmes. Hund Hermanndi ahnt nichts, denkt zwar nach, aber es fällt ihm nichts ein.

---

* Altertümlicher Ausdruck für Gesicht. Anm. d. Autors

Die Wurdelaks schlagen zurück

Die Wurdelaks, Ferdl und Hund Hermanndi schleichen beziehungsweise tapsen durch die nächtliche Eingangshalle des Hochauses, vorbei an der verwaisten Portierloge und an den Turboliften, die untertags hinauf bis ins achtundvierzigste Stockwerk rasen. Der volle Mond dringt durch die verglaste Seitenfront und spiegelt sich im weinroten Marmor. Vorsichtig bewegt man sich auf eine unauffällige Treppe zu. Ein schlichter Pfeil weist in Richtung der Laboratorien. Die Wurdelaks steigen die Treppe hinab. Es sind vier Stockwerke, die die Treppen unter die Erde führen. Am Ende der Treppe ist ein Gang, der weiß gekachelt ist. Am Ende des Ganges ist eine Stahltür. Ein Schild auf der massiven Tür informiert die Wurdelaks und Hund Hermanndi darüber, dass sich hinter jener Tür die überaus geheimen Geheimlabors befinden, dass der Eintritt für Unbefugte verboten ist, und dass Eltern für ihre Kinder haften, weil die MA 4711 keine Verantwortung übernimmt, weil das nicht ihre Aufgabe ist, weil niemand der Bediensteten der MA 4711 dafür ausgebildet ist. Außerdem informieren Tafeln über Rauchverbot und das Verbot, Speiseeis zu konsumieren. Weiters gibt eine grellgelbe Tafel darüber Auskunft, dass Hunde leider draußen warten müssen.

Hund Hermanndi nimmt das zur Kenntnis und trollt sich ins nächste Winkerl, wo er sich plumpsend niederlässt und auf, hoffentlich, bessere Zeiten wartet.

Opa Wurdelak öffnet vorsichtig die Stahltür, die unversperrt ist. „Die Türä war offän, ich konnte flüchtän!“, erklärt der den anderen. Behutsam und möglichst leise dringen die Wurdelaks in den Gang hinter der Stahltür vor. Ein schweres Rollgitter hängt schief von der Decke. Dasselbe tun auch ein paar Neonröhren. Einige Labortüren sind aus den Angeln gerissen. Auf dem Fliesenboden liegen einige gelbe Helme und Fetzen von grünen Schutzanzügen.

„Hier hat offenbar ein Kampf stattgefunden!“, erkennt Ferdl messerscharf.

Dem Rest der Truppe wird mulmig zumute. Man geht vorsichtig weiter. Kriecht unter dem nächsten Rollgitter hindurch, welches ziemlich ramponiert aussieht. Im Rollgitter stecken ein Schutzhandschuh und ein grüner Gummistiefel. „Na Bumm, da hat es aber ziemlich gekracht!“, befindet Franz Josef eher bewundernd denn verängstigt. Plötzlich bleibt die ganze Truppe stehen. Aus einem der Labors tönt leises Hilferufen und ziemlich lautes Knurren.

„Möpsi!“, zischt Opa Wurdelak. „Wir brauchän einän Betäubungspfeil. Wo könnän solche Pfeilä sein?“ Er öffnet eine Tür, an der ein rotes Kreuz prangt. „Da vielleicht!“, flüstert er den anderen zu. Die Wurdelaks und Ferdl schleichen in den kleinen Raum. Alle Laden sind herausgerissen. Nur ein länglicher Schrank, der mit einem Vorhängschloss gesichert ist, wirkt, bis auf ein paar tiefe Kratzspuren, unberührt.

„Der Schrank mit dem Schloss, der schaut sehr interessant her!“, befindet Ludmilla und beginnt, an der Tür des Schranks zu rütteln. Es scheppert.

„Leise!“, zischt Anna. Sie schnappt sich einen Briefbeschwerer, den sie aus einem der Arbeitsräume mitgenommen hat, und knallt ihn gegen das Vorhängschloss. Es scheppert.

„Und das ist leiser?“, erkundigt sich Ludmilla genervt.

„Nein!“, knurrt Anna. „Aber wirkungsvoller.“

„Bravo Putzi!“, ruft Opa Wurdelak erfreut, als das Vorhängschloss aufspringt. „Einä Kraft wie einä Löwin!“, röhrt er.

Ein lautes Knurren lässt die Wurdelaks und Ferdl herumfahren. In der Tür steht der Werwolf Möpsi und fletscht seine Furcht erregenden Zähne.

„Öha!“, keucht Franz Josef.

„Platz, Möpsi!“, ruft Opa Wurdelak und entgeht nur knapp einem Prankenhieb des wütenden Werwolfs.

Möpsi, Sitz!
MÖPSI
Geh schon rein ...
Tut mir leid, Möpsi, was muss, das muss!
PFTT

GRRAAHHH
HU
HU-HUHU
HU-HU-HU
HU HU
GLUB-GASP
GÖRK
Nix wie weg jetzt!
Na, das wird aber
auch langsam Zeit!
TRAP TRAP TRAP TRAP TRAP TRAP TRAP TRAP TRAP

„Und was jetzt?“, erkundigt sich Ludmilla. „Jetzt wartän wir und haltän Wache mit noch so einem Pfeil!“, ordnet Opa Wurdelak an. Aus dem gegenüberliegenden Labor tönt wieder ein leiser und schwacher Hilferuf.

„Mein Ferdl und ich, wir sehen nach!“, ruft Ludmilla.

Opa nickt. Nach ein paar Minuten kehren die beiden mit einem sehr kleinlauten und überaus höflichen und folgsamen Waldmann Helsinger retour. „Ah, der Herr Professor!“, faucht Opa Wurdelak. „Welchä Freudä!“ Opa Wurdelak fletscht die Zähne.

„Vladimausi, lass ihn! Der schmeckt sicher nach Rizinusöl!“, ruft Anna und stellt sich zwischen Waldmann Helsinger und den geifernden Opa. Opa beruhigt sich. „Aber Sie begleiten uns doch sicher gerne zu uns nach Hause auf einen kleinen Schlummertrunk, Herr Helsinger?“, fragt Anna und es klingt sehr bedrohlich.

„Ohne Möpsi gehän wir nirgendwo hin!“, ruft Opa Wurdelak empört.

„Wir brauchen eine Decke und eine Bahre!“, erklärt Ludmilla hektisch. „Damit wir den Möpsi tragen können. „Und eine Reservespritze, falls unser kleiner, dicker Schnapphans munter wird, bevor er wieder ein kleines rundes Knäbchen geworden ist!“ Das alles ist schnell zusammengepackt und eine sehr seltsame Gruppe von Halbvampiren, Menschen, einem schlafgrantigen Hündchen und einem laut schnarchenden Werwolf, der zugedeckt auf einer Bahre liegt, die Opa und Waldmann Helsinger tragen, macht sich durch den nächtlichen Bezirk in Richtung Hubert-Landei-Hof auf. Als sie die Stiege elf erreichen, sind alle rechtschaffen müde. Möpsi wird auf der Bahre festgeschnallt und hochkant in den Aufzug gestellt, während der Rest der Truppe die Stiegen nimmt. Ein langer Tag geht einem guten Ende entgegen. Als die Wurdelaks und ihre Begleitung die Wohnungstür erreichen und Möpsi aus dem wartenden Aufzug laden, sehen sie durch die Fenster im Stiegenhaus die Sonne über der Donau aufgehen.

„Ein schönes Bild!“, findet Ludmilla und schmiegt sich an den Ferdl.

„Gut ist es gegangen, nix ist geschehen!“, ruft Anna. Franz Josef gähnt und sehnt sich nach zwei, drei Stunden Schlaf. „Ich bin froh, dass die ganze Sache vorbei ist!“, ruft Anna.

Aber Ludmilla schüttelt den Kopf. „Noch nicht ganz, Anna!“ Sie öffnet die Wohnungstür.

„Darf ich bitten, Herr Helsinger!“, kichert Anna. „Ihre Tante wartet schon sehnsüchtig!“

Ende?

Ferdl und Franz Josef tragen die Bahre mit dem schlafenden Möpsi ins Vorzimmer. Der ist mittlerweile wieder zu einem entzückenden Knäbchen mit lockigem Haar geworden. Leider ist seine Kleidung völlig zerrissen, weil Möpsi dieses Mal zu einem ganz besonders kräftigen Werwolf geworden ist, weil er sich so sehr aufgeregt hat und so erzürnt war. Er schlägt die Augen auf und seufzt: „Hungär!“, wird aber auf später vertröstet, der Marktstand mit dem besten Leberkäse von Wien öffnet erst um halb acht. „Ich wartä!“, seufzt Möpsi. „Weil wenn es Götterspeisä Leberkäsä gibt, ich wartä gernä!“

Waldmann Helsinger steht unschlüssig im wurdelakschen Vorzimmer herum. „Gehen Sie doch weiter ins Wohnzimmer, Sie werden erwartet!“, ruft Anna. Unsicheren Schrittes geht Waldmann Helsinger in Richtung Wohnzimmertür. Vorsichtig öffnet er sie. „Tantchen!“, haucht er und eine höllisch klingende Stimme krächzt gurgelnd: „Hallo Waldibub!“ Man hört ein scheußliches Schmatzen und einen erstickten Schrei aus Waldmann Helsingers Kehle. Dann hört man ein Schmatzen und ein Schlürfen. Hund Hermanndi fällt in Ohnmacht.

„War das notwendig!“, brummt Opa Wurdelak.

Anna nickt. „Leider!“, weil sonst hätten die Helsingers nie begriffen, was es heißt, ein bisserl anders zu sein!“

„Auf die Verwandtschaft kann ich verzichten!“, brummt Opa. „Ich hoffe, die machen keinen Unsinn, so als Vampire!“

Ferdl sieht Ludmilla verliebt an. „Und was ist mit mir?“, säuselt er.

Ludmilla sieht Ferdl ebenfalls mit verliebten Augen an. „Noch nicht, Lieber! Noch nicht!“

Christoph Mauz
DIE WURDELAKS
Vampire wie du und ich
Blut
ist kein
Himbeersaft

Christoph Mauz
Die Wurdelaks – Vampire wie du und ich
Ein Werwolf kehrt heim
Ab 9 Jahren, 104 Seiten
14,5 x 20,5 cm, Hardcover
durchg. illustriert von Eric Schopf
ISBN 978-3-7074-1233-8

Steckt in der kurzen Ledernen wirklich der
von Opa Vlad so lang vermisste Werwolf Möpsi?
Wird der wütende Franz Josef seinem Fußballtrainer
echt die Zähne ins Wadl schlagen?
Und was führt die bösartige Nachbarin,
Kriemhilde Helsinger, im Schilde?
Durch all das müssen sich die Wurdelaks
in der Großstadt durchbeißen …

HIMBEER
WURM
BAYRISCHE
BLUTEGEL
BACK-
MISCHUNG